해그림자

해그림자

손인계 지음

좋은땅

많은 시간 동안 사랑하고 그리워했던 옛 친구들,
오랜 세월이 흐르고야 그 가치가 무한히 소중하고
아름다웠음을 글을 쓰면서 새삼 느껴 고마운 마음,
감격에 마지않습니다
저들은 항상 내 가슴속에 자리하고 있어
위로와 감사함을 갖게 합니다.
그러니 숨겨 둔 보물 같은 존재요
마냥 감사할 벗들입니다.
시집 출간에 앞서 옛 친구가 먼저
떠오른 것은 내게 찾아온 시상의 원천이 되어 주고
시인의 길로 나설 수 있게 응원해 준 덕을
꼭 알리고 싶은 마음이 크기에
출간의 기쁨 또한 같이하고 싶습니다
고대 초등학교 톡방 친구들 고맙습니다.
아마도 단톡방으로 오고 가던
미완의 글을 좋아해 준 덕에
용기 내 시집 출간을 하게 되었으니
더욱이 고마운 일입니다.
시와 소설을 좋아했던 기억은 중학교 시절

도서대출 으뜸상 받은 기억이 떠오르지만
이후에 책과 멀리 지내다
노년에 글쓰기를 좋아해 시작한 것이
삼 년째 들어섭니다.
글쓰기가 행복을 주는 것임을
늦게나마 알게 되어 기쁘고
앞으로 많지 않은 시간 몸이 허락할 때까지
함께 해 보려 합니다
그간 응원해 준 톡방 친구
카페 회원분들 고맙습니다.
덕분에 시인이 되었으니 한없이 기쁘지만
어깨 또한 무거워짐을 느낍니다.
앞으로 다양한 문학 활동과 시 쓰기에
열과 성을 다해야 할 것 같습니다
그리고 함께해 준 모든 분께
깊이 감사드립니다.

시인 손인계

서시

빛을 가둔 밤하늘이 열려
세상을 모두 헤일 것만 같다.
칠흑 같은 어둠마저 꿰뚫을 듯
예지의 투명함 뇌를 스치고
별빛마저 가렸던 창에
찬물 끼얹어 서정을 깨운 듯
영혼이 능선 위에 서린다.
숲속의 혼령들도
귀 기울이고 숨을 멈춰
한 박자 쉬어서 간다.
반짝이는 주변은 눈이 시리고
빛을 품은 초목이 향을 피우니
난봉꾼이 가랑이를 핥고
별빛은 혼을 실어 호흡한다
하늘이 빛을 틔운 것이리라

저들의 기쁨을 찬양하고
어울러서 동요하려
시인의 눈 초롱하게 빛난다.

느지막에 행운처럼 찾아온 빛
혼이 집 떠날 때까지
깨어서 함께 숨 쉬리라
저들의 호흡 속에
같은 음률로 노래하며
어우렁, 더우렁, 노년의 삶
서정시인이 되어 살리라.
누구도 찾지 않아
고독한 삶일지라도
책장 속에 그림자
혼을 담아 남겨 두리라.

차례

출간에 앞서 ··· 4

서시 ··· 6

달개비꽃

춘풍에 소망한다 ··· 20

아버지 집 ··· 22

달개비꽃 ··· 24

생기 ··· 25

사랑의 계절 ··· 26

봄의 연출 ··· 28

4월 ··· 30

슬프도록 보고 싶다 ··· 31

봄이라 하기에 ··· 32

순백의 유희를 찾아 ··· 34

봄의 전령 ··· 35

유혹의 손짓 ··· 36

사월의 아픔 ··· 38

바람글의 위로 ··· 39

고향 나들이 ··· 40

춘설 ··· 42

시련의 꽃 … 43

그리운 향기 … 44

봄의 소리 … 45

날 그곳으로 보내 주오 … 46

잘 가게 봄날이여 … 48

귀향길 위에 행복 … 50

살구꽃 … 52

봄비 … 54

바람이 분다 … 55

그림자 … 56

봄나물 … 58

부처님 오신 날에 … 60

내 영혼이 숨 쉬는 곳 … 64

눈물겨워라 … 66

비가 물고 온 슬픈 시

해그림자 … 68

비가 물고 온 슬픈 시 … 69

청라호반 … 70

매미 서곡 … 71

멈춰 버린 시간 … 72

집시의 옷자락 … 73

그래도 여름은 간다 … 74

타협 … 75

귀로 … 76

수상하다 … 77

늦여름 가랑비 … 78

능소화와 호위 무사 … 79

원두막의 희곡 … 80

새섬 1 … 82

새섬 2 … 84

나는 하비입니다 … 86

다행이다 … 89

영혼의 기도 … 90

꽃으로 의미한다 … 92

검은 가지 서러워 ··· 94

속절없는 약속 ··· 96

옛사랑을 깨우는 비 ··· 99

운행 ··· 100

그리운 사랑 ··· 102

내 가슴속 어머니 ··· 104

황혼의 독백 ··· 109

은하수 ··· 110

그리운 친구들 ··· 112

행복한 대화 ··· 114

장마와 농부 ··· 116

옛 친구 찾아 ··· 118

젊은이의 수레 ··· 120

쉬어 가시게 ··· 122

고향을 찾아 ··· 124

장고항 가는 길

아름다운 가을날에 … 128

천지인 … 129

국화 … 130

코스모스 … 131

한가위 달빛 … 132

이별비 … 134

장고항 가는 길 … 136

추수 … 138

8월, 기세를 꺾다 … 139

가을 햇살과 커피 향 … 140

가을 청산 … 141

아름다워 서럽다 … 142

바람의 언어 … 144

가을이 감, 감, 하다 … 145

가을 풍경 속 회화 … 146

산책길의 서정 … 148

가을에 온 손님 … 150

추억 … 151

삼태기 … 152

산책, 길 위의 혼령 ⋯ 154

아쉬움 ⋯ 156

고독 ⋯ 157

노을 ⋯ 158

세월 ⋯ 159

아름다운 후유증 ⋯ 160

만추 ⋯ 162

가을밤의 정취 ⋯ 163

노을이 출렁이네 ⋯ 164

쓸쓸한 춤사위 ⋯ 166

노인의 시계

섣달그믐	… 168
파장에 미련을 줍다	… 170
노인의 시계	… 172
지기의 기다림	… 173
크리스마스	… 174
크리스마스 트리	… 176
그리운 성탄절	… 178
동창회	… 180
발자국	… 181
설	… 182
김칫국물	… 183
님	… 184
그날의 보름달	… 185
변화	… 186
게으른 뇌 벗을 울린다	… 188
설원 속 가장	… 190
비, 바람이 서글프다	… 192
홀로 걷는 넋	… 194
회상	… 196

바람의 여정 1 … 198

친구 … 200

꿈꾸는 상념 … 203

한 해를 보내며 … 204

바람의 여정 2 … 207

사무치는 그리움 동창을 깨운다 … 208

평화 기원, 제사

사계의 혼령들	… 212
연리지	… 214
이데아를 꿈꾸며	… 215
평화 기원, 제사	… 216
촛불	… 218
작두 탄 헌법	… 219
나의 분신	… 220
단톡방 옛 친구	… 222
꿈의 고향	… 224
그대 그리워	… 225
서글퍼지는 흔적들	… 226
그립고 그립다	… 229
플라토닉 사랑	… 230
어머니의 구두	… 232
울림의 말	… 235
죽마고우	… 236
허상 같은 삶의 변명	… 238
참삶은 일상 속에	… 241
믿음이 주는 위안	… 242

소통의 기쁨   ⋯ 245

한세상   ⋯ 246

불멸의 밤   ⋯ 248

권력의 속성   ⋯ 250

작은 신들   ⋯ 251

두고 온 계절   ⋯ 252

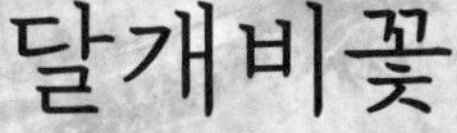

달개비꽃

춘풍에 소망한다

해그림자

북풍한설의 성화에
테라스 밑에 쪼그리고
오물거리던 실바람
오늘은 온종일 창 흔들어
길을 묻는구나
모진 시달림에 길을 잃고
기운마저 쇠한 듯
흔들림의 가녀린 소리가
허공중에 나달대누나
네가 찾는 길이
두고 온 그리움이라면
어찌 먼 곳을 향할까
저기 어슬렁대는 고양이
발걸음에도 닿아 있는 것을
볕이 깃든 울 밑에 서서
오금을 펴고 잠시 쉬었다가
내일은 산꿩이 발을 녹이는
산골 밭에 들러도 좋고

해그림자

된, 바람에 잇몸이 내려앉은
둑방길도 좋을 것이네
너의 부드러운 손길,
지난날의 옛 친구가
진작부터 기다림을
하고 있을 것이니
다리 힘 풀리기 전에
서두르시게나,
꽃 바람으로 형상함도
좋을 것 같네,

아버지 집

내, 고향에
아버지 집이 있네
헛간엔 당신이 벗하던
삽과, 곡괭이,
벽에 기댄 채 외롭고
주인 기다리는 낫과, 호미
가슴이 벌겋게 타는구나
연출할 서사는
시공 속에 흩어지고
내 아비의 정령만이
문지방에 서립니다.

집을 나선 지게 위엔
소망이 너울대고
길을 여는 작대기
풀숲을 헤쳐 가니
저 들녘으로 태양이 솟는다.
아비의 품 안에
초록이 무성하고

꽃들을 이고 난 결실
참으로 보배롭구나.

길 따라 사랑이 숨을 쉬니
보살펴 가꾼 님이
서럽도록 그리워라.
당신의 넋이 있어
문설주에 기대건만
누가 나서 저 숨결
어루만져 길을 열까!

달개비꽃

해그림자

초록 향기 계곡에 가득하고
빗방울 울리는 연두의 옹아리
초록 잎에 음률을 더하니
귀에 익은 멜로디 있네.

그 빗속에 소년이 있었지
함께 나선 줄 알았건만
소년은 지금도 비 맞으며
그곳에서, 기다림을 하네.

네가 그곳에 머물러 그리우니
돌아갈 곳을 찾아 헤매는
황혼의 외로움,
누이 집처럼 위로를 받네.

비 갠 냇가, 달개비꽃
변함없이 그 자리에 피고,
누이를 닮아 맑은 웃음
개울에 볼을 띄워 참 예쁘구나.

 　　　　　　　　　　　　　　　　　　해그림자

생기

달개비꽃

깊은 잠 속 잠꼬대인가
계곡은 흥얼대며 내려오고
들판으로 안개를 덮어
신방을 차리는구나
거친 둑길은 성난 듯이
불끈불끈 벌크업 하고
냇가에 생명이 꼬물거리니
대지가 젖을 물려
바람 잠재운 양지 쪽에
하늘길을 열어 놓고 있네
변치 않는 운행 속
신의 형상함도 서서
같은 호흡을 하고 있구나

사랑의 계절

해그림자

붉은 아미 홍매는
춘설 위에 눈을 뜨고
신기루 춤추며 걸어오니
벚꽃이 화려하게
봄바람을 불러오네
언제 왔나 꿀벌들
옹기종기 길쌈을 하고
하늘엔 꽃비 내려
살랑살랑 님을 부르네

볕이 깃든 산자락엔
연분홍빛이 어여쁘고
들녘으로 종달새
소리 높여 향연을 알리니
길 옆으로 별님이
손 흔들어 화답하네

조그마한 제비꽃이
행복한 아이

해그림자

머리 위엔 노랑 나비
앉아서 놀고
개미집이 신기한 아이는
자리 뜰 줄을 모르니
개미들만 분주하구나.

하늘 아래 맑은 꽃들
새색시 단장하듯
온 세상을 치장하고
사랑스러움 뽐내어
예쁜 마음 안겨 주니
온몸의 세포가
기쁨으로 요동치네

새봄 맞는 사람들아
겅중 겅중 어색한 발놀림
멋쩍게 웃지 말고
향기로운 꽃 한 송이
님 가슴에 달아 주고
흥겨운 왈츠는 어떠한가

달개비꽃

봄의 연출

해그림자

동산에 안개비 흩뿌리니
잠자던 줄기가 꿈틀대고
지난해 이별한 연두
잊지 않고 찾아와
소망의 정원을 꾸민다.
생기 가득한 무대 위에
공연의 시작이다.
초연에 개구리뜀을 뛰니
어색하게 문, 열리고
종달새가 하늘을 높이 드니
쟁기 잡은 농부
들녘으로 소리를 한다.
이리야! 황소야 어서 가자
희망 심는 새봄이 왔다
꿈꾸는 대지에 씨 뿌려
풍요를 소원하자
곡우에 비가 오니
올해도 풍년이라는데
약속한 날에 봄비 내려

  해그림자

기쁜 맘이 여울지는구나
들녘으로 물대는 구름
진정으로 어여뻐라
관객님들 마음속에도
단비가 내리기를

4월

산야에 초목들
온통 연둣빛으로 물들고
햇살은 조심스럽게
어린잎을 어루만진다.
참 사랑스러워라
살가운 바람
사이, 사이, 견주어
애교 부리듯 넘나들고
화동 앞세워
들녘을 걸어오는 신부의 미소
참으로 눈부셔라!
어린아이들은
손잡고 소풍을 간다.
이 봄의 심상도
하늘 끝 산 너머에 닿고
봄을 맞으며 기다리는
예쁜 꽃을 볼까
차창에 발 올리고 몽상 중이라네
어서 오세요, 4월이여!

슬프도록 보고 싶다

따스한 볕이 온 누리에
살갑게 입 맞추니
신기루 요염하게 일어서고
봄바람은 설렁, 설렁,
꼼지락대는 초록을 깨운다.
투정 부리는 꽃망울
품 안으로 파고들고
사랑이 가득한 봄날
새 생명의 탄생으로
내 안에서 어여쁘다.

저들의 순결함이
심연을 건드리니
온몸의 감성 세포가
생기 받아 요동을 친다
사랑스러운 연둣빛 물결
고단한 심사 어루만지니
고향 하늘의 꽃구름
슬프도록 보고 싶구나.

봄이라 하기에

해그림자

봄이라 하기에
창문을 활짝 열어
바람을 들입니다.
숲속에 머물던 삼나무 향
문 앞에 있을지도 모릅니다.

봄이라 하기에
하얀 운동화를 꺼내
털어 놓습니다.
마을 길에 예쁜 꽃들
망울져 있을지도 모릅니다.

봄이라 하기에
닫힌 마음을 열어
생명의 소리 듣습니다.
개울가 물오른 버들가지
내 마음 흔들지도 모릅니다.

봄이라 하기에

해그림자

길 위에 서성일 벗에게
향기로운 글 띄웁니다.
들녘에 멍하니
몽상 중일지도 모릅니다.

순백의 유희를 찾아

실바람이 햇살 위로
소리 없이 미끄러진다.
조용히 눈을 감아
바람결에 마음을 얹고
젊은 날 그려 놓은
그리워 잊지 못하는 곳
화폭에 담겨 변치 않는 그곳으로
시름 속에 허덕이는 처량한 내 영혼
모든 얼개 벗어 두고
잃어버린 유희를 찾아서
옛 친구 숨결이 흐르는
햇살이 길을 재는 재빼기 넘어
소년이 즐기던 곳
금계국 미소 짓고
패랭이 손 흔드는 복죽깨산에
심상이 소풍을 간다오.

봄의 전령

온화한 햇살이 능선을 넘어
느릿, 느릿 땅을 매만지며 온다.
겨우내 몸 사리던 검불,
납작 업드려 귀 기울이고
응달의 겨울앓이도
순풍에 몸을 푼다.

양지바른 산자락 잠에서 깬 듯
꼬물 꼬물 신기루 오르고
실바람에 들뜬 아낙,
치마끈을 추켜매니
발목이 참, 어여쁘다.

봄을 맞는 빼어난 몸짓
앞을 다투어 서로 견주니
누가 진정, 봄의 전령이련가
감흥의 변덕스러움에
홍매의 꽃봉오리
또, 피어서 예쁘다.

유혹의 손짓

해그림자

오월이 오면
초록 향기 품에 안은
고향 산천 가 보자고
눈부신 햇살이
옛 사람을 부릅니다.

푸른 숲엔 작은 새들
맑고 고운 소야곡
님 찾아 노래하고
홀로 우는 뻐꾸기도
사랑 타령 하는구나.

부엉재 능선 위로
이정표 된, 뭉게구름
바람에 흩날리듯
향기에 취한 듯,
길을 멈춰 고개를 드네.

씀바귀꽃 화려함은

　　　　　　　　　　　　　　　해그림자

이내 맘을 유혹하고
그리움에 슬픈 찔레꽃
벗을 향해 손짓하며
수줍게도 웃는구나.

서쪽 하늘 선녀구름
팔랑이는 분홍 치마
향기로움 가득 담아
사랑스럽게 다가오니
모든 일상이 손을 멈추네

사월의 아픔

해그림자

당찬 모습
백옥 같은 하얀 목련
세찬 비바람 딛고
우아한 몸짓으로
온 힘 다해 피었건만
잔혹한 계절이 끝내
길바닥에 패대기치는구나
쓰리고 아플 내 사랑 목련화야
서러워하지 마라
꽃잎 진 자리
희망의 새싹 놓았으니
이제 살아서 숨 쉬리라
맘속에 새겨진 희망의 꽃이여
그대가 다시 올 때엔
쉬이 퇴색되지 않는
수려한 백합으로
강건하게 오시구려
그날이 오래지 않기를
학수고대하나이다

바람글의 위로

달개비꽃

바람에 실려 오는
향기로운 그대의 글
심금을 울립니다.
삼우제 지내고
서글픔 추슬러 돌아오는길
그대의 고운 마음 아름다운 바람글
감사함을 느낍니다.
바람 따라 하늘 나는 흰 구름
마음을 평화롭게 하고
차창을 스치는 꽃잎
슬픔 다독여 평안을 안겨 주니
그대의 숨결 가슴 가득 전해집니다.
허할 마음 헤아려
살피고 배려해
초록 잎을 보라 하니,
내일에 있어 행복하기를
기원하고 있음 아니겠나
그러하니 그대는
내 안의 위안입니다.

고향 나들이

해그림자

길을 나섰네,
구름 속에 떠도는 흔적 찾아
바람에 실려 오는 옛 향기 따라
설렘 안고 길을 나섰네.
제비꽃, 씀바귀 하얀 민들레
길옆으로 발걸음이 가볍고
산모퉁이 돌아 볕이 쉬어 간 자리
낯익은 푸석한 묘지
볼품없어 발품 놓게 하네
솔향기 그윽한 산길에
솜털이 송송한 얼굴 쑥 내밀고
쪼그만 녀석이 쑥 나왔다 한다.
수풀 속에 숨어
잡풀로 둔갑한 달래는
못 본 체하라 하고
둑길 넘어 겨울 난 밭 자락
냉이가 여기저기 피었는데
친구는 보이지 않고
나 홀로 주저주저 하는구나

길 건너 옛집에 누가 나왔나
기웃기웃도 하고
밭고랑에 거름 펴는
저 농부 왠지 낯이 익네
눈에 든 환경 반가워
마음이 평화로우니
변함없이 정겨운
내 고향 아니겠나,

춘설

해그림자

춘풍에 자리 내준 하늬바람
천상으로 날개 펼쳐
선물 가득 꺼내 놓았네,
세차게 바람 치던 나뭇가지
백설로 꽃 피우니
온 세상이 신비로워
관객의 눈을 매혹하네
경이로움은 심연을 흔들어
깊은 울림을 남기고
순간의 여운, 아직인데
소리 없이 떠나가네.

봄꽃이 만발해 꽃동산 찾아오면
저들의 전신이 있었노라
전해 주길 바라는지
한 편의 영상으로 마음을 흔들어 놓고
환상의 꿈을 꾼 듯 여운만 남겨 둔 채
초목 위에 흰 꽃송이
봄바람에 실어 가네

해그림자

시련의 꽃

따스함에 바람난
동장군 이별하던 날
집 앞에 앙상한 나무 한 그루
보랏빛 예쁜 눈트더니
지나는 사람들 궁금한 시선 보내고
춘삼월 맞아 백옥 같은 하얀 속살
우아하게 내밀었네
오! 목련이로구나.
언제쯤 만개할까 설렘이 가득한데
봉우리는 점점 커져만 가고
꽃샘추위 매서운데 꽃 다칠까 근심이요
불어오는 실바람마저 가슴 졸이게 하는구나.
노심초사 속 태우노니
사랑스러운 목련이여
그대의 시간이 찾아오면
화려하게 꽃 피소서
초록이 찾아와 뒤를 거둘지라도
그것은 기쁨일 거외다.

그리운 향기

해그림자

오랜 시간 산발한 채
홀로 지내던 대지 위에
여기저기 물웅덩이 만들어
정성스러운 모습
옛 친구 맞는다는 우수 경칩 찾아왔네.
겨우내 거칠어진 마음
달래 주기라도 하려는지
이슬비 온 누리에 촉촉하고
메말랐던 사랑의 숨결은
살가운 빗물 되어 대지 위를 흐릅니다.
안개 속 산천은 사랑을 품에 안 듯
부드러운 입 맞춤에
쑥스럽게 옷깃 여미고.
비에 젖은 덤불 내음
온 천지에 가득 차니
새 생명이 꿈틀대고
먼 길 떠나온 나그네
흙 속에 피는 검불 향에
발걸음이 천근이로구나.

봄의 소리

달개비꽃

삭풍이 떠난 우듬지에
희미한 흔들림
생명의 태동을 암시라도 하려는 듯
논밭에 푸석이던 티끌마저
땅속을 파고든다.

볕이 자리한 양지엔
일찍부터 알고 있었다는 듯
팔자 좋은 고양이 거드름 한껏 피우고
시간은 가고 오고 또 그 자리에
있는 거라 합니다.

강산이 바뀌고, 바뀌어
어색해진 마을 길
허상만 좇던 나그네 검불 내음에 취해
큰 호흡으로 옛 친구 부르지만
종달새는 오간 데 없고
기다림에 설렌 마음
실바람이 달래 주네.

날 그곳으로 보내 주오

바람이 넘나드는 언덕 위에
작은 꽃들이 환호하며
마중하는 곳
햇님이 바라보는 산마루에
떠도는 조각구름
친구 따라 춤추는 곳
달빛에 하얀 지붕이 졸고
밤하늘 부끄럼 많은 별
사랑의 속삭임에
수줍게 미소 짓는 곳
그곳으로 날 보내 주오.
내 사랑 꽃이 되어
화려하게 춤을 추고
내 사랑 나비 되어
꽃밭에 숨어드는
그곳으로 날 보내 주오.
푸른 하늘 높이 서서
아이들 웃음소리 가득히
아름다운 공명으로

메아리가 화답하는 곳
그곳으로 날 좀 데려다주오.
그곳에 내 친한
소년이 살고 있다오.

잘 가게 봄날이여

해그림자

어질러진 대청마루 더벅머리 늙은 총각
길 떠나는 봄처녀에게 온 마음 뺏겼는지
하늘 멀리 꽃구름만 넋을 잃고 바라보네
들녘에 청보리는 바람결에 출렁이고
제비 낮게 스쳐서 가니
농기구 헛간에 넣어 두고
감자밭에 들어서네
쑥 올라온 보랏빛 하얀 감자꽃
눈길조차 안 주던 총각이 미운지
손길 피해 고개 돌리네
나를 미워해 돌아서도
떠나는 님 시샘치 마라
네가 갖지 못한 품이 그에게 있어
어설프게 흉내는 내도 같을 수 없으니
너희를 탓하노라,
한 움큼 따 든 감자꽃
풀 더미에 던져 놓고
둑길 옆에 걸터앉아 풀피리 애달프다
떠나는 봄이 그리도 아쉬운지

구슬픈 피리 소리
바람 따라 살랑살랑 봄날을 배웅하네.
하늘도 안쓰러운지
빗줄기 후드득 슬픔을 덮는구나.
사랑스러운 모습에 행복했었네
잘 가시게 봄날이여!

귀향길 위에 행복

해그림자

내 영혼이 숨 쉬고 있는 곳
실바람에 몸을 싣고
장삼 자락 승무 추듯
온갖 잡념 떨쳐 내고
동쪽 재빼기 올라서니
보고팠던 고향 마루
연두 적삼 새로이 갈아입고
손 흔들어 반겨 주네
저 멀리 예배당 언제나 한결같이
정겨운 모습 담아 반가이 맞아 주고
황톳길 신작로 옛 모습을 뒤로한 채
정돈된 길옆에 풀꽃들
네 모습만이 길동무로 나섰구나.
하얀 민들레 내 손 잡아 이끌고
씀바귀꽃 제비꽃 보랏빛 할미꽃, 마저
내 마음 훔쳐 가네
너희가 그곳에 그리 앉아 있었구나
모두 떠난 그 자리
돌아올 기약 없는 옛 동무 밉지도 않은지

해그림자

예쁜 모습은 여전하구나.
사랑하는 벗이여
잠시 여기 좀 돌아보시게
저들은 원하는 것 하나 없이
우리네 온갖 시름 한순간에 걷어 내고
평화로움을 가득히 안겨 준다네.
행복은 그렇게 꿈처럼 찾아오고
마음 닿는 곳에 꽃처럼 피어나니
벗님들 잠시 잠깐 모든 짐 내려놓고
이 봄 가기 전에 고향에 한번 다녀오시게
그간 고생 많았을 친구의 노고
고향 하늘 아래 무지갯빛 추억들이
그대를 따듯하게 위로할 것이네.

살구꽃

해그림자

가슴 설레게
살구꽃이 피었네
기억 속에 맴돌던 살구나무
한 번도 자리 뜬 적 없었는지
깊은 주름만이
옛 추억을 이야기하네
그곳엔 마당 개 한 마리
한가롭게 누워 잠자고
암탉이 은근슬쩍 밥그릇 넘봅니다.
어릴 적 기억은
신기루처럼 피어나고
먼발치에 몽상가 우두커니 서서
빙긋이 미소 짓고 있네.
한동안 무엇에 홀린 듯
먼 하늘만 바라보다
밀려오는 그리운 맘에
가슴 저미며 울고 있구나.
지난 세월 거슬러 이곳에 서 있건만
아이는 보이지 않고

살구꽃

속절없는 아지랑이만
먼발치로 피는구나
아이야, 숨지 마라
땅거미 지기 전에
술래잡기 그만하자

속절없는 아지랑이만

봄비

황량한 대지 위로
살그머니 내려앉아
오매불망 그리던 새 생명
어미의 손길로 톡 톡 토닥입니다.
북풍 거센 지난겨울
사무치는 그리움으로
볼 시리도록 불렀던 그 님
잊은 줄 알았는데
못 오시는 줄 알고 가슴 아파했는데
대지에 맨발 두드려 달려서 오시니
밉지 않은 눈 흘김으로 맞이합니다.
당신이 오셨네요,
항상 잊지 않고 오실 줄은 알지만
그 믿음 갖지 못해
계집아이처럼 서러워서 웁니다.
오랜 시간 동안
계절과 시름하던 산천초목
이제야 생기 찾아
고개 들어 웃습니다.

 해그림자

바람이 분다

바람이 분다
길 위에 꽃샘바람
미운 모습으로 불어온다.
어찌하여 저 바람 속에
그리움이 묻어날까
오호라! 그래
어린 시절 교정에
예쁜 여자아이 시샘하여
못되게 굴던 녀석들이 있었지
사랑일까! 미움일까!
시린 바람 되어
못되게도 파고든다.
친구야, 동무야,
지난날의 꽃샘바람
추억 속에 달고 가자

그림자

내 고향집엔
연로하신 부모님 살고 계십니다.
집 앞 텃밭에, 담 모퉁이에,
항상 무언가 하고 계십니다
그런 당신의 뒷모습에서
그리움이 가득 묻어납니다.
그 모습 지금에서 봅니다.
이 일을 어찌할꼬

삽자루 옆에 낀 채
마을 입구 쪽을 슬쩍 보시고
논배미 물고 보시려나
아님, 장에 다녀오시려나
발걸음 공허한데
서린 여운은 항상
미련이 담겨 있습니다.
그 걸음 이제야 봅니다.
이 일을 어찌할꼬

물 채워진 논바닥에 개구리 보이고
시장엔 종묘사 앞이 붐빕니다.
약속이라도 했는지
이웃집 아재도 오셨네요.
뭘 샀는가, 뭐 이것, 저것,
집에 씨감자 있는데, 가져갈 텐가
장마당 풍경도 그대로인데
어찌 찾는 님은 안 보이십니다.
이 일을 어찌합니까

내일은 부모님 산소에
다녀와야겠습니다.

달개비꽃

봄나물

해그림자

봄바람이 살그머니
온 누리 감싸안고
대지가 폭신폭신
기쁜 맘에 일어서네
잠자던 봄나물
불러 주길 기다린 듯
나 여기 있소
까치발로 얼굴 내밀고
춘풍이 주는 봄나물이
게으른 농부 일깨워
분주하게 다그치네
냉잇국에 놀란 농부
쟁기 지고 일어서
지는 해를 나뭇가지에 매달고
밭고랑 한 자락 재빨리 넘긴다.
제 모습에 멋쩍은지
헛기침 놓고
허허 언제 오셨는가
이마에 송골 맺은

해그림자

땀방울을 훔칩니다.
역시 귀한 손님이었네
봄나물은 예로부터
생복수라 하였으니
맛나게 드시고
귀한 땀은 어떠신가

부처님 오신 날에

해그림자

젊음이 아름답고 영롱하게
빛나는 것은 맑고 순수한 자연
그대로의 모습을 지니고 있기
때문일 것입니다
시간이 흘러 육신은
자연스럽게 노화가 찾아오고
영혼은 수많은 유혹과
모진 세파에 시달려
맑고 순수했던 모습이
괴팍하게 변해 갑니다.
중생들은 어리석어 이런 상황을
혐오 스럽게 바라보면서도
그 늪에 빠져드는 것을 마다하지 않으니
이런 모순이 또 어디 있겠습니까
왠지 모르게 선과, 악을 구분 짓기 위한
신의 선택 같기도 합니다.
여보시게 벗님들 이제 우리 육신이
제 할 일 다하고
흙으로 돌아갈 날이 그리 많지 않으니

해그림자

다음 생을 준비할 영혼만이라도
혼탁한 세파에 찌들지 않도록
참선을 해 보지 않으시겠는가
그로 혜안을 갖는다면
맑고 순수한 영혼을 탐욕의 늪에서
구할 방법을 깨닫게 될 것이요
그것은 여생을 평화롭고 행복한 삶을
가져다주지 않을까 생각해 봅니다
참선이라 함은 악의 뿌리가 되는
시기와 질투 탐욕을 절제하고 다스려
밖으로 표출되지 않도록
심신 수양을 높게 쌓는 것이요
물질적 탐욕이 타인에게
해를 입히는 경우를 만들지 말 것과
쾌락이 인간의 가치를
훼손하지 않도록 항상
조심하며 되짚어 보고
묻고 생각하며 지키고자
노력하는 것을 의미하니
한번 실천해도 괜찮지 않겠나
영혼의 맑고 순수함을 찾기
위해서 말입니다

그렇게 찾아진 영혼은
아마도 다음 생에 보다 근사한 모습을
하게 될 것이라 믿어 봅니다
물론 쉽지 않다는 것
누구나 다 알고 있겠으나
재물을 눈앞에 두고 남을 먼저 헤아리는
사람 없고 온몸으로 느끼는 쾌락을 두고
인류의 가치를 논하는 사람 없을 것입니다
그렇다고 절제되지 않은 탐욕과 쾌락을 향해
불속으로 뛰어드는 것은
지나온 날들은 차치하더라도
여생이 너무도 불쌍하지 않겠습니까,
그러니 지성과 이성을
가진 호모사피엔스로서
노력은 해 보는 것이 도리가 아니겠나
그렇다고 완벽하게 행하는
것은 신께서 할 일이고
인간은 할 수 있는 만큼만
하면 되지 않겠는가
이를 두고 참선이라 할 수 있고
낙원을 만들어 가는 방법이
아닐까 생각해 봅니다

허울 좋은 소리라 하겠지만
무소유를 말하고자 함이 아니니
잠시 명상을 통해 마음을
다스려 보는 것도 괜찮지 않을까
늙어 가면서 추한 모습
보이지 않기 위해서라도
해 볼 만한 일이지 않겠나
굴곡진 삶 속에 강퍅해진 심신을
모순된 언어와 가장된 선으로
부처님 오신 날을 기해
스스로를 위로해 봅니다.

내 영혼이 숨 쉬는 곳

해그림자

노구를 끌고 고향에 가네
구부정한 모습으로
옛 동산에 올라
연분홍 진달래꽃
동글, 동글, 다래 개암
옛 친구의 발소리에
빼꼼히 고개 내밀고
반가운 듯 삐쭉이네.

허둥대는 걸음 추슬러
재빼기 넘어서니
천하대장군 지하여장군
삐뚤, 빼뚤, 논 밭두렁
돌돌돌 시냇물도
반갑다고 호들갑이네

아스라한 기억 속
저 건너 둑방길 위에
꼬맹이 내 친구들

해그림자

호호, 헤헤, 재잘재잘
천진난만한 얼굴
천방지축 뜀뛰며 오네

가물거리는 시계 속에
들녘에 내려앉는 갈잎
산마루에 노을빛을
온몸으로 휘감고
하루의 끝자락 아쉬운 듯
그림자를 밟고 있구나.

그리운 마음은
고향 산천을 떠돌고
아득한 옛 추억에
푸른 하늘 쳐다보니.
흘러가는 흰 구름 속
내 영혼이 숨 쉬고 있네.

눈물겨워라

해그림자

옛집 마당가에
홍매가 곱게도 피었네.
저 꽃이 추위를 잘 견뎌서
고운 것만은 아니리라
젊은 날 함께한 친구
보고픈 마음 간절하고
강산이 변해서야
찾아 나선 친구에게
변치 않는 사랑 보이고파
찬설 위에 꽃피워 놓고
잊혀진 날들 서러워
사무치는 그리움
어루만저 위로하려
저리도 어여쁜 것인가
사랑하는 옛 친구가
너의 모습 너무 슬퍼
가슴으로 울음 운다.

해그림자

비가 물고 온
슬픈 시

해그림자

초원에 맴돌던 바람
황포 자락 흔들며 흥에 겹고
메뚜기도 포로록 틔니
넓은 들판에 볕이 가득하다

하늘도 높이 솟아 선명하고
풀잎에 서린 물방울
빛을 머금고, 영롱하니
가을이 토실하게 익어 간다.

풀밭에 누운 누렁이
어제의 노고를 되새김하는지
콧김 실어 가는 바람 있어
무릎 베고 오수를 청하네.

원두막을 지키던 그늘은
기둥 뒤로 돌아서고
농부의 눈초리가
해그림자를 재고 있구나.

비가 물고 온 슬픈 시

밤바다에 내리는 비
나눌 이야기 그리도 많아
밤새도록 재재거리나
서러움이 창틈을 비집는구나

오랜 시간 어둠에 갇혀
슬픔이 가득한 운무
창해에 엎드려 흐느끼니
심연에도 비가 내린다.

그토록 많은 사연
몇 날 며칠을 지새웠건만
아직도 못다 한 이야기
파도를 타고 흐르는구나

살펴 주지 못해 더 아픈 기억
마르지 않는 샘처럼 솟아
온몸을 슬픔으로 떨게 하니
비가 갠들 어찌 잊힐까

청라호반

호반에 잠긴 불빛
청명한 달빛에 손짓하여
시 한 수 읊고 가라 하네

하늘에 바람그신 흰 구름
은빛 주단 깃을 든 선녀
천공에 배를 띄웠구나.

검은 물결에 빛을 드리우고
꿈과 사랑 가득 담아
한낮의 노고를 위로하네.

호반의 불빛 서로 어울려
밤을 밝혀 속삭이니
옛 친구가 마냥 그립다.

매미 서곡

산책길에 찾아온 참매미
아침부터 가슴으로 운다

님 그리워 운다지만
터지는 울음소리가 아프다

이별의 시간이 다가와
호곡 소리 깊어지는 날

황홀했던 순간을 찾아
숲속을 서성이니

등걸 뒤에 숨은 그림자
낙엽 속 미련을 찾는구나

멈춰 버린 시간

해그림자

건널목 가장자리에
구독을 반기는 그늘막
그 위용이 여전하다.
바람을 들이는 양산은
길 위에서 쓰임을
한층 더해 가고
8월의 끝자락은
아스팔트 위에 파닥인다
지하철 공사장 커다란 선풍기
시간을 연신 밀어붙이건만
안전모에 고장 난 시침
부스럼 일 듯 괴롭구나
동행하는 그림자는
여전히 발끝에 머물고
윤달을 탓하고자 하나
스스로 속임이 서글프다
이제 착한 태풍이나
기다릴 밖에

집시의 옷자락

무엇이 저리도
서글플까?

산천을 떠도는
집시의 옷자락

서럽게, 서럽게,
펄럭이네.

처량한 신세
위로라도 하려는지

고달픈 삶
촉촉이 어루만지네.

그래도 여름은 간다

해그림자

오늘 아침 까치 녀석
밤을 설쳤는지
목청이 많이 탁하다.

열대야에 뒤척이며
날 새 버린 몸뚱아리
쭉지마져 내려앉았구나

그래도 가을은 오는지
목청 높아진 참매미
이별 노래가 애달프다.

가지 끝에 서린 은구슬이
나뭇잎을 유혹하니
수줍은 듯 홍조를 띠는구나

해그림자

타협

너와 다툴 마음
지금도 예전에도 없었다.
하는 일마다 끈적대며
시비 걸고 거슬리나
젊음이 있어 무시하며
지금에 이르렀는데
이젠 무시할 수조차 없게 되었구나
피하고자 하나
책임과 사명이 허락지 않으니
그래, 등에 업고 같이 가자
때가 되면 미련 없이
바람 따라 떠나겠고
이 몸 또한 바람결에 실려 갈 것을
솔솔이 바람 오거든
무더위 먼저 보내 주고
살랑이는 바람일랑
오래도록 머물거라
가을이 올 때까지

귀로

해그림자

희붐한 여름밤이
후덥지근한 바람을 불러
도롯가에 번을 서고.
차량의 불빛은
꼬리에 꼬리를 물어
저마다 안식을 찾아서 간다.
길 따라 동행하는 달님
맑고 고운 둥근 빛
어머니 얼굴을
많이도 닮았구나
저 밝은 둥근 빛에
하루의 고달픔
안개 걷히듯 하니.
후덥지근한 바람도
시원한 바람 못지않구나.
도로 위에 소소한 달님
내일도, 오실란가

 해그림자

수상하다

흔들리는 풀잎 뒤로
잠자리 숨어들고
저녁 찾아 바쁜 제비
낮게, 낮게 나는데
길가에 개미마저
제방 높이 쌓는구나.
능선 넘는 회색 구름
끈 풀린 치마폭
은근슬쩍 산자락 덮고
무슨 일 꾸미는지
녀석 낌새가
매우 수상하다.

늦여름 가랑비

그래도 양심은
있었나 보네
타들어 가던 뙤약볕 끝에
생명수 뿌리나
열기 가득한 온 누리에
미안타 용서해라
눈물로 하소하네.
그래, 이제 그만
하늘 높은 가을 오니
자리 내서 응원하고
뒤돌아 보지 말고
옷자락 끌지도 말고
잘 가게 짓궂은 친구
내년엔 얼굴 붉힐 일
없길 바라네.

능소화와 호위 무사

친구 내려 준 커피 들고
대청마루에 자리하니
창밖으로 눈을 사로잡는
황금빛, 능소화 보네
지난날 양반집 담장에 앉아
덩달아 위세 떨치고
넝쿨답지 않은 강한 기운은 무엇인가
옆에 서 있는 목백일홍
화려함이 주변을 매혹하고
담장 넘는 악귀 잡아
액운이 범접조차 못 하는데
능소화가 옆에 세워
호위 무사로 삼는구나
앉아 있는 능소화
황금 나팔 손에 들고 천하를 호령하니
기골이 강인한 목백일홍
붉은 깃털 높이 세웠네.
저들의 조화로운 형국이
참으로 오묘하구나

원두막의 희곡

해그림자

청설모 찾는 산밭에
홀로 선 원두막 누가 계실까
그곳엔 언제나 어르신 계셨는데
라디오 친구 삼아
세상 얘기 요리하다
끓는 혈기 넘칠까
부채 들어 더위도 떠내고
마을 길 개구쟁이 놀이 궁금해
사다리 위에 앉으셨지
살금살금 아이들 잠자리도 잡고
풀숲을 미끄러지는 위험한 녀석
거침없이 사냥하며
폴짝 뛰는 놈 뒷다리 잡아
심술부리다
풀꽃 엮어 화관 쓰니
멋진 폼이 제법이네.
아이들 귀여운 모습이
사랑스러운 듯
어르신 빙긋이 웃으시고

그래, 그렇게 어울려
예쁘게 크는 거다
진실된 마음이응원을 하네
굴뚝으로 솟은 연기
산자락을 넘어가고
마당에 놓인 마른 쑥단
모깃불 되어 춤을 추니
쑥불은 어스름을 밝히고,
모기들은 향에 취해
비틀비틀 흥 타고 가네
건강해질 듯한 쑥 향에
기분 좋게 옷자락 털고
낮에 받아 둔 막걸리
개울가로 몸을 담그니
길 건너에 평생지기
마당 쪽이 궁금하다.
"뭐 하고 있는 거야 마실 안 오고"
퉁명스런 혼잣말이
소리 없이 튑니다.

새섬 1

해그림자

내 고향 대호지에
잔물결 손잡고 돌아
은결이 예쁜 새섬 있었네
백로와 두루미 우아한 몸짓
지상의 아름다움을
발밑에 둔 양 하였지
청둥오리 원앙은
퐁당 퐁당 자맥질로
갈대숲을 누비니
그 사랑놀이 즐겁고
아이는 물고기 잡겠다
이리 풍덩 저리 풍덩
야단법석 뛰어노니
둑방에 망탱이가
주저앉아 웁니다
신이 난 아이 아랑곳없이
부초 위에 텀벙대고
물밤 따서 즐거운데,
물고기는 손에 없고

해그림자

잔물결만 흘러서 가네
멀리서 찾아온 손님은
갈대숲을 흔들어 깨우고
물결 위에 춤추는 노을
꽃잎처럼 날리고야
하루해가 꽉 찬
빈 망탱이 보았네.

새섬 2

고향 떠나온 지 오래고
둑방길 소년 그리워
발길은 새섬에 닿는데
춤추던 노을은 오간 데 없이
갈대숲만 엎드려 서걱이니
소년을 기다리는
매운탕 집이 손짓하네.
동무와 탁자로 마주 앉아
매운탕에 소주 한 잔
거나하게 걸치고
뜨겁게 오르는 취기에
지난날 되새겨 반추하니
가슴은 청춘을 깨우누나
주고받는 술잔으로
강산을 옮겨 놓고
별이 총총한 밤하늘은
옹기종기 수다스러운데
파랑새 꿈꾸던 소년
벌겋게 달아올라

해그림자

내 눈앞에 앉았네
그토록 갈망했던
동경 속 이상은 어찌하고
빈 망텡이 들고 왔나
석양의 꽉 찬 노을이
참으로 아름답구나

나는 하비입니다

해그림자

우리 손주 가방 속엔
재미있는 동화가 들어 있어요.
주연을 도맡아 하는
날렵한 맵시의 예쁜
꼬마 자동차 벤트리 있고
빨간 스포츠카에
멋진 보라색 볼보도 보입니다.
어딜 가나 할 일 많은
포크와 맥스도 있고
윙꺽차도 있네요
속을 들여다보면
이름이 너무 어려운
공룡 몇 마리 버티고 서서
출연 준비하고
땅 파는 삽과, 갈퀴도,
구석으로 자리하니
작은 소꿉들이 출연 기다려
복작, 복작, 야단법석이
났습니다.

어딜 가나 어깨 메고
한껏 귀여운 모습
온몸에 가득 담아
콩, 콩, 뛰며 길을 나섭니다.
이 소꿉들에게
순수한 맑은 영혼을 넣어
상상의 예쁜 무지개를 피웁니다.
실내 공연에는
삐용, 삐용, 경찰관 아저씨
출동하며 목소리도 바꿔
"도와드리겠습니다."
성대모사도 하고
삐뽀, 삐뽀, 구급차
환자 병원 이송도 하며
의사인 양 문진도 합니다.
왜옹, 왜옹, 소방관 아저씨
소방차 급하게 출동하여
치익, 치익, 물대포 쏘는
소방관이 되기도 하지요.
백사장의 무대에선
모래밭에 중장비 내려놓고
공사를 시작합니다.

댐의 제방을 쌓으며
물길 만들고 물길 속으로
벤틀리와 스피드
나란히 달리기 시합도 하고
포크로 모래 퍼서 바위에 부으니
모래 폭포라 합니다.
신발을 벗어 들고
맨발로 발자욱 만들면
느껴지는 촉감이 좋은지
발자국 돌아보며 뜀도 뛰어 보고
엉금 엉금 기며 거북이라 합니다.
시간 가는 줄 몰라
모래톱에 길고 긴그림자 만드니
즐거움의 하루해가
꼬리를 감춥니다.
동화 속 아이처럼 노는 모습에
행복이 가득 차니
세 살 난 손주 바보
나는 하비입니다.

해그림자

다행이다

비가 물고 온 슬픈 시

어두운 밤이 있어 하루를 위로하고
휴식을 취할 수 있으니 참 다행이다.

캄캄한 밤이 있어 한낮의 부끄러웠던 일
숨길 수 있으니 정말 다행이다.

온종일 쓰고 다닌 가면을 벗어
내려놓을 밤이 있어참 다행이다.

숨 막히는 시선 피해 한숨 돌리라고
까만 밤이 존재하니 천만다행이다.

심중에 의지 들키지 마라
피난처 제공하니 네가 요새요 안식처로다.

영혼의 기도

해그림자

먼 길에 지친 영혼
해 저물기 전에 거할 곳 찾아
쉬어 갈 수 있게 하소서.
계곡은 깊고 험해
거친 숲을 헤쳐 내 삶인 양 하고
이기적인 억측으로
여기까지 왔나이다.
이제 남은 것은
잎 떨군 마른 가지뿐
얻은 것은 허무요
남은 것은 회한뿐
허황된 욕심은 끝내
마음을 채우지 못하고
허전함만 깊어 갑니다
무엇을 찾고자 했는지
의식조차 희미한데
양손에 쥔 것은 먼지에 불과하나
어리석어 놓지 못하였네
가진 것은 베풂보다

해그림자

오래 머물지 않을진대
사라질까 두렵고
마음속에 가둔 것은
풀어놓음보다 쉬이 상하건만
흩어져 날아갈까
용기 내지 못 하였네
살아온 날들 꽤나 오래인데
몸과 마음이 우매하여
갈피를 잡지 못하고
여전히 헤매나이다
서산에 해 넘기 전일지라도
새로운 깨달음과
번뜩이는 지혜를
얻게 하소서

꽃으로 의미한다

해그림자

봄 밤하늘의 안개꽃
기억 속에 희미한 까닭은
온 세상 꽃구름이 가득
눈 가리고 있었기 때문이요
천진난만함이
별처럼 아름답게
빛났기 때문일 것입니다

여름 밤하늘의 메밀꽃
얼굴 부비듯 살가웠던 까닭은
은빛 가득 머금은 채
수줍게 다가왔기 때문이요
사랑스러움이 온 마음
지배했기 때문일 것입니다

가을 밤하늘의 은초롱
찬란하게 빛났던 까닭은
온 힘을 다한 인생길
최고의 영예로

해그림자

장식하기 위함이요
스스로 지켜 온 날들
축복하기 위함일 것입니다

겨울 밤하늘의 얼음꽃
슬프게 보이는 까닭은
청아한 빛의 눈물로
사라져 가기 때문이요
이제 꿈은 접어 두고
희망을 품고 살아야 할지도
모르기 때문일 것입니다

검은 가지 서러워

능선 너머 회색 구름
어딜 그리 바삐 가나.
낙엽 지는 거리엔
빗물 받아 잔물결 일고
두드리는 반주 위로
공명이 음률되어 젊은 날이 춤추는데.
스치는 바람 스산하여
검은 가지 흔들리니
갈잎이 계절 잡으려 부단히도 애써 하네
서산 넘는 회색 구름은
흰 옷자락을 끄는데
낙엽 밟는 빗방울 새초롬히도 가는구나
어찌 그리 짓궂게 혼란에 빠트리나
가슴 깊이 파고드는 정겨운 빗물 소리.
언제나 단잠 속에 빠저들게 하였는데
쌀쌀맞은 뒷모습 세월 감을 비웃는가
여린 마음 계절 따라
경계에 서 있건만
여울 뜨는 낙수 소리

한 시진도 못 채우고
고요한 심상마저 헤집고 가려 하나
가는 길 막지 못해
마음은 못내 서럽구나

속절없는 약속

해그림자

여름방학 하면
갯바위에 낚시 가자더니
뭉뚝한 낚싯대
담장 옆에 세워 놓고
망탱이 찾으러 갔나
내 친구 소식이 없네
망둥이 안 잡아도
하루해가 짧을 텐데
해가 지면 어쩌려고
감감무소식인가

부엉재에
산딸기 따러 같이 가자
약속했는데
조롱박은 홀로 엎드려 자고
내 사랑은 어딜 갔나
몇 날이 가도록 소식이 없네
부엉재 푸른 숲엔
원추리꽃도 피었을 텐데

 해그림자

꽃이 지면 어쩌려고
기별조차 없는가

배다리 수렁에
미꾸라지 잡으러 가자
약속했는데
문간엔 얼맹이만
덩그러니 걸려 있고
무엇이 그리도 급해
말도 없이 가 버렸나
수애기천 여울목에
텀벙, 텀벙, 물놀이도 좋을 텐데
물 마르면 어쩌려고
언제 온단 소식이 없나

기약 없는 약속들
세월 속에 묻혀
안개 속으로 사라지네.
그 친구들은 영영
다시 올 수 없음에
백발이 다된 소년이
평상 끝에 홀로 앉아

텅 빈 하늘만 바라보네

해그림자

옛사랑을 깨우는 비

네가 찾아오면
한없이 반가운데,
마음속은 울려고 삐쭉이니
이게 무슨 변고인고
너와 함께 온 이가
그리움 가득한
내 사랑이었음을
네가 알았겠는가
가슴 저리게 보고 싶은 얼굴
소환케 했음을 네가 알았겠냐만,
그렇다 해도 어찌 너는
가슴 깊이 잠든 지난날
천연덕스럽게 깨우려 하나,
그래도 반가우니 어쩌겠는가
너무 오래도록
두드리지는 말게
가슴이 너무 아프다네,

운행

우르릉 우르릉
밤새도록 지축을 흔들고
순간 속에 선을 긋는 빗줄기
검은 대지에 발끝을 세워
잠자는 영혼 깨우려
창문마다 두드린다.

새벽까지 기세 좋게
울부짖던 빗줄기
그 기운이 다한 듯
창을 타고 소리 없이 흐른다
치열했던 개문의식 숨을 고르고
산마루도 평온함 찾았는지
펼쳐 놓은 어둠을 거둡니다.

하늘의 태양빛이
맑은 공기를 뚫고
풀잎 끝을 스치니
수정처럼 맑은 물방울

햇살 가득 품에 안고
새 영혼을 꿈꾸며 산천에 스며드니
새 생명이 꿈틀댄다.

태고의 신비 자연아
미물에 지나지 않은 인간이
우주의 무한한 섭리
어찌 다 헤아릴 수 있겠는가
운행 중에 동화되어
생사 의도치 않고
겸손하게 도드라짐 없이
시류에 흔들리며
자연과 하나 됨이
우주의 뜻이려니

그리운 사랑

해그림자

요 며칠 동안 굿은비
추적추적 쉼 없이 내리더니
이른 봄부터 구슬프게 울어 대던
소쩍새 뜸부기
사랑 찾아 떠났는지
그 모습은 오간 데 없고
애꿎은 맹꽁이가
그 자리 대신하는구나.
추녀 끝에 빗방울 말없이 바라보는
맹꽁이 같은 사람
물방울 속 수채화 본 듯
도랑에 물줄기 따라
시냇가를 걷습니다.
맑은 물속에 비친
자주색 달개비꽃
너는 여전히 예쁘기도 하여라.
시간은 많은 것들을
흘려보냈건만
어찌 너는 변함없이

해그림자

이곳에 피었느냐
널 그리는 마음 숨길 수 없어
말없이 고개 떨구고
어깨만 들썩입니다.

내 가슴속 어머니

해그림자

가슴속 깊이 자리한 지난날의 추억과 아쉬움
어머니에 대한 그리움을 글로나마 삭여 봅니다
어린 시절 어느 여름날
어머니께서 예쁜 분홍색 속옷을 사 오셨습니다.
그 속옷은 이유도 없이 창피해 싫었습니다.
어머니께서 속상해함을 모르지 않는데
입지 않겠다고 막무가내로 고집부렸네요.
친구들이 보면 놀려 댈까
그 모습이 싫어 억지 쓴 것이
아닌가 싶습니다.
지금 생각해 보니 집에 형제들만 있어
예쁜 옷 입혀 볼 기회가 없어
한번 사 오신 것 같기도 합니다.
그 옷은 끝내 아버지 손에 들려
아궁이 속으로 사라지고 말았습니다.
이 모든 일들이 뼛속까지 스며들어 있는
유교적 관념으로부터 생겨난 듯
참 어이가 없습니다.
어머니 눈가의 반짝임

해그림자

순간적으로 슬픔이 자리한 듯,
오래도록 서운해하셨지요.
그 모습이 너무도 마음 아프게 떠올라
지금도 가슴이 아려 옵니다.
이웃집 논밭으로 땡볕을 등에 업고
속적삼 적셔 가며 만들어 낸
선물 이었던 것을
이제야 깨달으니 가슴이 너무 아픕니다.
왜 어머니 속마음을 헤아리지 못했을까
어찌 그리도 못나게 행동했을까

항상 이맘때만 되면 떠오르는 기억은
어머니에 대한 죄스러움뿐입니다.
친구들과 수박 서리해
집 구텡이 나뭇간에 숨어
몰래 나눠 먹다 그만, 어머니께 들켜
친구들 다 도망가고
혼자 부지깽이로 두들겨 맞았지
어머니께선 많이 속상하신지
부지깽이 꺾으시고,
흔들리는 몸으로 돌아서
한참 동안을 서 계셨습니다.

엄마! 어머니 저 여기 있어요
어머니의 떨리던 몸을
꼭, 안아 드리고 싶어요
지금에서야 용서를 빕니다.
그렇게 시간은 가고 성인이 되어
군 입대 하던 날이었습니다.
만 원권 한 장 천 원짜리 세 장
그리고 은하수 한 갑 손에 쥐여 주며
배곯지 말라 하십니다.
어머니 직분이 교회 권사님이신데
아! 이 못난 아들 부끄럽고 죄송합니다.
이를 어찌합니까
어머니 믿음마저 흔들어
모든 사랑을 다 받고도
보은의 기회조차 잃고 말았습니다.
우매하고 못났던 지난날들
아프고 또 서럽습니다.

그래도 그리운 것은
끊임없이 떠오르는 이맘때의 기억 속에
뭐니 뭐니 해도 장마철
어머니 단골 메뉴인 손칼국수입니다.

   해그림자

애호박 두 개 감자 대여섯 개
씻어 두시고 읍내 나가십니다.
장마당엔 아는 분들 여럿 있는지
여기저기 아는 척하십니다.
한참을 둘러보시고
건어물 가게에 건멸치 조금
건새우 병어포도 조금 사고
떡집에 들러 기주떡 여남은 개
사 들고 쌀집에 들러
밀가루 작은 거 한 포대까지
순식간에 일 마치고
차부로 걸음을 재촉하십니다.
올 때와는 너무도 다르게
개선장군처럼 집을 향하십니다.
우리 가족 모두에게 맛있는
칼국수 해 줄 수 있어
어머니 기쁘신가 봅니다.
큼직한 양은 대야 멸치육수
간 맞춰 밀가루 반죽하고
큼직한 도마에 적당한 크기의 반죽
홍두깨로 치대고 돌돌 말아 썰어 내니
양은솥에 폴, 폴,

감자, 애호박, 생강, 마늘,
갖은양념 첨가하니
어머니표 손칼국수 세상에 최고였지요.
아! 보고 싶고 그립습니다.
서럽도록 그립습니다.
지난날의 추억 속에
오늘도 이 몸은 가슴으로
흐느껴 웁니다.

해그림자

황혼의 독백

바람아!
앞서간 길손 흔적
흐트러트리지 마라
이 몸이 힘겹잖아

별들아!
어둠이 가기 전에
졸지 마라
남은 빛이 아깝잖아

달님아!
만월이라고
그림자 드리우지 마라
차면 기우니 슬프잖아

해님아!
서쪽 하늘 노을 지거든
옛 친구 찾아가며
술래잡기 어떠한가

은하수

해그림자

하늘 높아 초롱한 빛이
머리 위로 쏟아지니
내 사랑 화관을 쓰고
내딛는 걸음마다
은결이 춤을 춘다.

한세상을 꿈꾸는 빛은
구름 위로 사뿐사뿐
길게 끌린 은빛 드레스
하늘 가득 펼쳐 놓아
바람결에 풀렁이네.

은빛 물결 넘실, 넘실
초승달에 돛을 달고
은하 강 물결 따라
둥실 둥실 춤을 추니
한세상의 꿈이로다

신비로운 별 무리들

해그림자

천공에 모두 모여
사랑스럽게 뽐을 내니
화려하던 젊은 날이
슬프도록 그리워라.

천공에 모두 모여

그리운 친구들

해그림자

햇살이 창문을 넘어
조용히 자리하니,
아이들 꿈꾸는 공간
향기로움 안고 왔는지
책상 주인 꾀죄죄한 얼굴
초롱하게도 빛이 난다.

플라타너스 시원한 바람
누굴 기다리나
괜스레 손 흔들어
눈 마중을 하고,

놀이에 빠진 아이들
반짝이는 눈만 보이고
흐르는 땀방울로
목덜미에 거미줄은 쳐도
예쁜 모습 변함이 없네

그곳엔 언제나

시원한 바람 찾아와 놀고
서쪽 하늘 뭉게구름
친구 따라 왔는지
창가에 얼굴 빼꼼
미소 지었네!

책보로 어깨띠 하고
삼삼 오오 즐거운 친구
어깨동무 하나 되어
손 흔들고 인사하니
뭉게구름 얼른 일어나
교정 밖을 앞서서 가네.

아! 이 일을 어찌하나,
각별한 인사도 못 했건만
흰 구름 재넘어 가고
바람마저 잠이 드니
내일 또 보자 했던
하루가 너무 길어졌구나.

행복한 대화

하비 하비 비가 와요
밖에 나가요
옷 버릴 텐데,
우산 쓰고 장화 신으면 돼요
하비는 어떡하고
우산 쓰고 나가요
그래, 가 보자!
첨벙 첨벙
비가 와서 제일 좋아요
옷 버리면 엄마한테 혼날 텐데
괜찮아요
하비도 해 봐요
옷 버리면 안 되는데
해 봐요 해 봐요
재밌어요
첨벙 첨벙
옷 버리잖아
이준이도 젖었어요
(너는 엄마가

빨래 해 주잖니)
하비 이것 좀 봐요,
뭔데?
거미가 불쌍해요,
왜?
비가 와서 거미줄이
끊어졌어요
비가 와서 제일 좋다며
우산 씌워 줄래요
너는 어쩌고?
집에 가면 돼요
엄마가 찾을 텐데!

장마와 농부

장독대 위에 곤두서고
빨랫줄에 튀어 올라
녀석 장대 들고 시비한다.
무엇 때문에 심술 났는지
두드림이 거칠다.
툭 툭 잎을 쳐 댄다.
녀석의 심통이 꽤나 센 모양이다.
마주한 농부 잠시 망설이다
툇마루에 걸터앉아
분위기 있게 파전에 막걸리 한 잔
맛나게 들이켜고
건너편 산자락에 서린 먹구름
한참을 바라본다.
술친구는 아닌지
손 흔들어 부르는 법은 없고
마음속에 자리하니
아는 벗은 분명한데
친구 마음 헤아릴 수 없는지
표정 또한 묘하다.

한참을 혼술에 취해 기분이 좋은지
흘러간 노랫가락에 어깨춤 흔들어
흥 좋게 불러 놓고
끙 하니 엉덩이 들어
도롱이 걸치고 일어선다.
밭고랑 둘러보다
논둑에 무엇을 찾는지
여기저기 살피고
때론 두드려도 보고
쿵쿵 밟기도 한다.
찾아온 녀석이
별로 맘에 안 드는지
물고 둑에 냅다 화풀이다.
아! 그 친구 누군가 많이
닮았나 보다
친구야! 올해는
착한 모습이면 좋겠다.

옛 친구 찾아

해그림자

귀엽고 예쁜 꼬마 아이들

옹기종기 모여 앉아

무슨 일 꾸미는지,

깔깔대며 즐거워라

근처에 모이 찾던 암탉

갸웃하며 돌아서고

땅바닥에 친구 얼굴 그려 놓은 듯

못생긴 친구 얼굴이 그리도 재밌는지

자지러질 듯 깔깔대네

아이 따라온 멍멍이

깍두기라도 하려는 듯

꼬리 치며 다가와

못생긴 친구 얼굴 은근슬쩍 비벼 댄다

안 돼! 저리 가!

깍두기 친구는

아무나 될 수 없는지

즐거움이 있는 곳엔 항상

친구가 있었네

그 의미 깨닫기까지

세월이 너무 길었구나
꼬마 아이도 알고 있는
즐거움의 원천을
어찌 모르고 지냈을꼬.
스스로의 덫에 갇혀서
고단함 겪고 있을 내 닮은 그리운 벗!
술잔 기울이며 웃음 지을 수 있도록
추억 속에 떠도는 잔상과
그간의 그림 솜씨 펼쳐 놓고
술잔으로 풀어낼 옛 친구를 찾아
해 지기 전 서둘러 가자,
이야기 봇짐은 머리에 이고
술값은 호랑에 챙겨서
미련과 시름일랑
저자에 던져두고
내 영혼이 즐거웠던
그곳으로 가자.

젊은이의 수레

해그림자

저기 젊은이
끌고 가는 수레가
몹시 힘에 겨운지
뒤돌아보질 못하네,
그가 태운 보물이
저리, 눈부시게 아름다운데
그를 알지 못하니
서글프고 안쓰럽구나.
세월 가면 눈이 어두워 못 볼 텐데
이를 어찌하나,
얼굴이 많이 거칠어진 저 친구
밀고 가는 수레에
무슨 모습 보았길래
번지는 미소로 바보가 되어 가나.
마주치는 눈망울에
온갖 정성 다하건만
길은 앞에 있고
가고자 함이 그에게 있는 것을
아는지 모르는지

젊은이의 수레

안타까움에 마음이 아프다.
여보게 친구
앞서가는 수레에
지팡이 올려놓지 마시게

쉬어 가시게

해그림자

계절은 저마다 아름다운 자태로
신비로움 서로 견주니.
길 가는 나그네
마음 둘 곳 찾지 못해
뜬구름만 좇는구나.
싱그러운 산천은
뜨거운 태양을 우듬지에 이고
바람골엔 어느새 그늘 드리웠네.
제 몸 돌볼 여유 없어
심신이 고단할 나그네
잠시 쉬어 가라 자리 내어 청하는 듯
나그네의 검게 탄 얼굴
깊게 팬 주름은
부침이 심했을 고단함을 말해 주고
존경의 마음 안겨 주니
경이로운 훈장입니다.
긴 세월 동안 마을 지켜 온 느티나무
나그네의 모습에 마음이 동했는지
솔바람 대동하고 서서

위로를 건넵니다.
고생 많았을 나그네여
무거운 짐 내려놓고
마음 편히 쉬어 가소서
그대가 살아온 날들
충분히 훌륭하니
존경스럽다 할 것이네
그래서 한세상이라 합니다.
한평생 살아온 우리네 인생
누구는 화려하고
누구는 초라할지 모르나
그 삶의 무게 별다르지 않고
떠날 때는 모두 빈손이니
아쉬워 마소서
길고 긴 인생 여정
역경 딛고 이곳이면
충분히 훌륭하다 할 것이네
이제 남은 여생
구름처럼 흘러 흘러
바람이 가는 대로
쉬엄쉬엄 가 보세나.

고향을 찾아

해그림자

창밖에 펼쳐진 넓은 초원
마음을 촉촉이 적신다.
정겨운 풍경은 성큼 다가오고
설레는 마음이 향기로와
정든 땅에 가까이 왔음을
온몸으로 느끼게 하는구나
진관, 용두리 지나
할미당 고개 넘어
그곳에 내 고향집이 있네
맑은 공기 평화로운 느낌
바람 타고 오는 걸까
심적 위안과 편안함이
가슴 깊이 스며들어 자유로운 기분
행복함을 안겨 준다.
오랜 시간이 지나고야
심신의 위로와 안식을
정겨운 고향에서 온몸으로 느껴 본다.
내, 어릴 적 친구들
어느 곳에서 꿈꾸고 있을까

해그림자

보고 싶고 그립다
그동안 무엇을 찾아
그리도 멀리 헤맸는지
허망한 세월은
그럴듯한 깨달음이라도
남겼으면 좋으련만.
이 몸은 백발이 되고서야,
그리운 고향으로
친구 보러 가자 한다.

장고항 가는 길

아름다운 가을날에

해그림자

황금빛을 쪼개 들고
호습게 내려앉는 은행잎
길 위에 소복하니
숏부츠의 여인
발걸음에 팔랑이며
사랑스럽다.

노을빛에 물든 붉은 단풍잎
길 위에 낙엽 되어 들썩이니
살랑이는 코트 자락
가볍게 깃을 열어
맵시가 제법이로세.

아름다운 이 계절에
차 한 잔도 좋고,
술 한 잔도 괜찮으니
나누는 언어의 유희로
가을 타는 허허로움
밤새도록 털고 싶어라.

해그림자

천지인

하늬바람 높아
천문을 휘저어 가니
하얗게 놀란 구름
길을 열고 흩어져서 맑다.

찬 바람이 서리를 내려
들녘을 지나 산에 오르니
다가오는 이별의 기운에
초목이 앞서 홍연을 띄운다.

눈부시게 날 선 햇살은
옛, 그림자를 찾아 나서고
오곡은 머리 조아려
베어지길 소원하는구나

들녘을 달려온 가을볕이
뜰 안으로 성큼 들어서니
눅눅한 바람, 벌떡 일어나
설렁에 받쳐 일꾼을 깨운다.

국화

찬 이슬이 빛을 가둔
고요한 가을 정원에
황금빛 맑은 얼굴이
사랑스럽게 미소 짓네
옛 친구 사모하는 마음
아름답게 간직하라고
향기로운 벗이 되어
곁에 있어 달라고
지난 계절의 소망을 담아
정원으로 배달이 왔네
그대의 삶에 황금빛
가득 차고 넘치라고
밤새워 피워 낸 국화가
자수정을 잎에 물고
행운처럼 찾아왔네.

코스모스

지리하게 내리 끌리던
칙칙한 회색 하늘
따가운 햇살 위로
푸르게도 솟았구나

볼을 간질이는 솔바람
애인처럼 살가우니
사랑스러운 몸짓으로
기쁜 맘이 아이 같아라

멋없이 키 자란 풀잎
서툰 목 가눔이 귀여워
순한 줄기 여린 꽃잎이
사랑스럽게 흔들리겠네.

한가위 달빛

해그림자

심상은 고향 하늘에 닿아
한가위 풍경이 선명한데
기억 속에 떠도는 달빛은
왜 이리도 아련한가
문밖에 서성이시던
어버이는 마실 가셨나!
찬 바람에 흔들리는
나뭇잎만 외롭구나.
옛집에 대추나무,
알알이 단단해지고
거두어 제사상에 올릴
제주는 어디 계신가!
못생긴 돌배가 비웃듯
지난날의 회한을 풀고 있네
하늘도 저리 높아 공활한데
지켜 온 날들은 뜬구름 같아
이내 심정의 공허함,
무심결에 하늘길을 찾는구나
끝없이 깊어지는 시름은

잡목 숲을 회잡는데
얽히고설켜 열리지 않고
달빛은 늪에 빠진 듯
바람결에 비틀거리네
하얗게 갇힌 몽환 중에
밤톨 떨어지는 소리
놀란 고라니 후다닥,
졸고 있는 뇌를 깨운다.
아, 꿈꾸던 한 세월이
바람처럼 스치는구나.

이별비

해그림자

푸른 하늘 가득히
촉촉함을 담아
가을이 깊어 감을 전합니다.
뜨겁던 날들 돌려놓고
떠날 채비 마친 회색 구름
사연 담아 찬비 내리니
고락을 함께해 온 날들
정들어 헤어짐이 아쉬운지
쓸쓸한 맘 움켜잡고
서럽게 하늘을 두드리네
길 떠나는 회색 구름
다가올 날들을
예감이라도 하고 있는지
뒤돌아서 눈물 훔치고
우듬지에 엎드려
들썩이며 흐느끼네.
신께서 베어 갈 날을
네가 알고 있었구나!
슬퍼하지 마라

베어짐이 곧 꿈을 담아
성체를 이루는 것이니
복되고, 복되지 아니한가
그대의 배웅이
참으로 아름답구나.

장고항 가는 길

해그림자

수문이 울음 우는 보덕포에
작고 아담한 보덕사 있네

법당에 계신 부처님 가부좌
법문은 바다로 흐르고
영단 위에 빛바랜 탱화
오랜 시간 설법하는데
대웅전 불당 앞엔
만조에 머리 감는 요염한 노을
좌선하는 불상마저
윤슬의 홀림에 수줍다.

해변을 치는 파도 소리에
몽돌들 꾸르륵, 꾸르륵,
불당 앞을 자리다툼하고
침식으로 세워진 절벽
지난날의 트라우마가
아픈 듯이 선명하다.

해그림자

구비, 구비, 해풍은 줄을 긋고
줄을 밟아 차작 차작
정겨운 해변이 살가워라
펄럭이는 물결 위에
맑은 미소가 일렁이고
장고항의 춤추는 고깃배
어깨 걸어 흥을 치니
너울 속에 갈매기도
상모 틀고 흥겨워라

두고 두고 꿈에 그릴 내 고향
흘러간 물결 속에
갈대숲만 출렁이니
노을이 심장을 태워
사라진 벗을 매일 그린다.

장고항 가는 길

추수

해그림자

혼돈을 떨쳐 낸 흰 구름
하늘 높이 올라
천공을 파랗게 물들이니

숲속에 머물던 바람
살랑 살랑 꼬리 흔들며
들판으로 내려오네

아랫도리 질퍽한 벼 고랑은
가랭이 벌려
뽀송하길 소원하고

하늘과 땅이 허락한 날에
바짓단 접어 올린
큰 머슴이 낫 들고 오네

해그림자

8월, 기세를 꺾다

장고항 가는 길

하루가 가고,
이틀이 가고,
이글거리던 태양은
서산을 넘어서 간다.
못되게 질척대던
끈적한 바람도
건들건들 재넘어 가니
축축하게 퍼질러 앉은 풀잎,
슬그머니 엉덩이 들고
스크럼 짜며 힘쓰던 나무들
어깨 풀어 소슬바람을 들이니.
오늘도 초목 위로
팔월의 하루가 간다
먼발치의 나무 그늘
바스락 소리 들리는지
햇살이 고요합니다.

가을 햇살과 커피 향

해그림자

오늘은 어인 일로
식탁 밑에 깊숙이
기대어 앉았는가!
창문 열어 둔 여름내
발코니 서성이더니
무슨 사유 있어
살며시 찾아왔나
찬바람도 네 곁을 탐해
창 흔들어 보채는데
못 본 체 눈감아 평온하구나.
널찍한 거실 창이
흥정 없어 좋은 걸까
사유에 빠진 햇살이
제집인 양 들어서네
커피머신 위로 짙은 갈색 향
너를 맞아 향기롭구나,

해그림자

가을 청산

숫기 없고 부끄럼 많아
홍조 띤 청산,
끓는 자기애로
화폭의 한 공간을
수채화로 장식했네.

이내 마음도 그와 같이
붉게, 익어 가는 모습
계절 따라 모습바꿔
이 자리 서 있는데
청산은 고사하고
벼 베인 논바닥이로세.

청산이 수줍음 있어
저리도 화려한데
천성을 탓해 모진 걸음
부질없고 헛되구나.
내 돌아갈 곳이
청산의 품이거늘

아름다워 서럽다

해그림자

손발은 건조하고
찬바람도 스쳐서 간다.
시간 속에 쌓은 공덕
여물어서 흙을 찾고.
나무들은 단풍 들어
저리도 예쁜데!
질투하는 찬 바람이
무덤으로 데려가네

잎이 떠난 마른 가지
쓸쓸함은 어찌하나.
거친 몸과 팔다리
눈에 거슬려 서글프고
산마루에 영근 빛이
아름답지가 않구나.

생명이 나고 죽는 것
자연의 순리거늘
어찌 그르다 할 수 있으랴.

해그림자

내게로 온 짧은 시간
신의 섭리 아니겠나.

가을은 제 모습 찾아
물들어 가고
계절 따라 빛을 더해 가니
화선지 마르기 전에
곱게, 곱게, 덧칠하며 가자

바람의 언어

해그림자

말없이 수다스러운 풀잎
무슨 이야길 할까
봄 여름이 다 가도록
그 속내 알 수 없더니
가을 솔바람에
소곤거림 들려오네
가만히 귀 기울여 궁금한데
살가운 바람 살랑대며
풀숲을 스쳐서 가네
사르륵 사르륵
고독 속에 슬픈 화음
댕기 풀린 바람에 홀린 듯
꽃 향은 빛바랜 풀잎 위로
흘러서 가고
떠도는 갈잎의
스산한 노랫소리
바람마저 쓸쓸한지
스르렁 스르렁
속삭임이 서글프다.

     해그림자

가을이 감, 감, 하다

저 감나무에 감이
눈에 쉬이 들어옴은
가을이 잘 익어 감인데
사람이 세월 감을 서러워하니
감 익어 감 떨어짐조차
느끼지 못하기 때문이라.

감 없는 노인네야
어리석은 사유 들춰
라때, 라때, 초라한 땡감
그리워 마라
잘 익어 말랑한
홍시는 어떠한가!

늙어서 감 떨어진다
서러워 마시라
경험 많은 날들 속에
지혜로운 영감은
영감님 거라네.

가을 풍경 속 회화

뫼부리에 걸린 햇살
붉은 노을이 되어 온다
사르륵, 사르륵,
숲을 사르며 내려오니
온 세상이 분주하구나.
다람쥐는 도토리 주워
입에 넣어 가고
작은 들쥐 나락 물어
통,통, 뛰며 간다.
농부는 볏단 지고
멍멍이 앞세워서
곳간에 행복을 쌓으니
찬 바람도 괜찮겠구나
낙엽 구르는 공원엔
다정한 연인들
사랑을 기대어 가고
솔바람 노는 곳에
발 끄는 소리 시끄럽다
오동잎 굴러서 가니.

빨간 단풍 흥에 겨워
너플, 너플, 춤추며 간다.
세상이 모두 정겨운데
가을은 낙엽 떨구며
홀로 외롭구나.
화려한 군무 속에
잊힐 날들 서글퍼
바람에게 하소하노니
매정한 휘파람 불지 마라
아름다운 뒷모습이
스산해질까 걱정이다.

산책길의 서정

해그림자

먹구름 뒤에 서서
그토록 보고 싶어 한 것을
일상의 굴레에 갇혀
알지 못하였네
나뭇잎 사이로
바람 흔들며 기다린 것을
이제 와 고개 드니
오랜 벗이 그곳에 있네
고독한 척 깃 올려
산책하자 정다운 유혹
장막은 걷혀 청명하고
눈이 맑아 평화롭구나.
나뭇잎 사이 살짝 내려와
몸에 닿는 따스함
구면인 듯 낯설지 않아
살가움에 온몸 내주고
발걸음도 산뜻하구나.
하얀 면사 얼굴 스치듯
초면이 아닌 것이

     해그림자

반갑기도 하여라.
가을날에 찾아온 친구
바람에 단풍 살랑이듯
살에 닿는 감미로움
연인 되어 볼을 스치네.

가을에 온 손님

해그림자

조석으로 부는 바람 회색 옷 벗어
산뜻하게 찾아왔네.
한낮의 끈적임도 산자락에 씻긴 듯,
뜨거웠던 지난날들
심술이 미안한지
오곡이 고개 숙여 풍요를 올리네
슬기롭게 보낸 농부 상쾌함은 덤이요
가슴 뿌듯한 보람이 미소로 화답하네
태풍 타고 가는 더위
밉지 않게 배웅하고
그리움 많은 뭉게구름
고향 하늘에 피어나니
희끗해진 친구 얼굴
흐릿하여 서운한데
영롱한 계절만은 풍요롭게 다가오네.

해그림자

추억

장고항 가는 길

공원 한편 빨간 단풍
원색 고유의 화려함
고요하던 심연에
가을 햇살 빠뜨린 듯
감성을 흔듭니다.
고운 빛은 말이 없고
무의식이 한 잎 주워
손 위에 올려놓습니다.
참, 예쁜 날들입니다.

삼태기

해그림자

새벽 참, 빨리도 오네
할 일도 많지 않은데
왜 이리 서둘러 오나
동창을 나무랄 수도 없으니
심기가 참 불편합니다.
어스름 열고 일어나
뒷짐 지고 서성이니
어버이 꺼내 놓은 삼태기
할 일 잃어 고독하네
아비가 뒤 담벼락에
그리움을 옮겨 놓습니다.
큰일이라도 해 놓은 척
마당비 들어 쓱 쓱
흩어진 발자욱 지우는지
풀뿌리 뽑아내어
앞마당을 치우는지
두리번 두리번 무엇을 찾으시나
계면쩍게 주춤대며
다시 찾는 삼태기

 해그림자

그제야 잠에서 깬 듯
눈 비비며 하늘을 보네
겨울은 아직 멀지 않은가
무엇이 그리 불편해
서둘러 치우려 하나
망각의 강이 찾아오거든
그날에 거두어도
충분할 것 같은데!
뒷짐 진 펭귄
천천히 오라 해야겠습니다.

그제야 잠에서 깬 듯

산책, 길 위의 혼령

해그림자

둘레길, 때 이른 낙엽
소슬바람에 춤을 추니
심연에도 파동이 인다.
낙엽 속에 맴도는
옛사랑 찾아 산책을 나선다.

발걸음에 환호하는
춤추는 낙엽들은 바짓단을 감싸고
흘러간 추억의 흔적
온몸으로 전해진다.
아! 가슴이 따듯하다.

볕이 깃든 정다운 숲길
어느 순간 어깨 위에
따스한 기분 좋은 느낌
옛 친구 찾아온 듯
반갑기 그지없구나.

모퉁이에 얼핏 스치는

해그림자

낯익은 그림자
손 흔들어 불러 줄 듯
무의식은 뒤돌아서고
고독한 동공이 흔들립니다.

아쉬움

해그림자

발끝에 차이는
낙엽 서러워
두 손에 모아 들고
허공중에 띄웁니다.
바람에 홀려 찾아온 낙엽
떠나는 계절 못내 아쉬워
그림자 품에 안듯
미련을 덮습니다.

아쉬움

     해그림자

고독

장고항 가는 길

휑하니 넓은 공터
낙엽 몇 잎이 팽그르.
그리움의 혼령 되어
바람 맞는 춤사위
저들은 먼 곳에 있지 않고
주변을 서성이며
잃어버린 날들
망상 속 그림자 되어
꿈꾸는 영혼마저
허적이게 합니다.

노을

해그림자

서산마루 붉은 해
온 동네 쥐불 놓고
즐거워 콩콩 뛰는
동네 꼬마 아이들
얼굴 가득 웃음꽃 피는데
길고 긴 그림자는
동구 밖으로
뒷걸음질하는구나
하늘빛 노을이여,
잠시 한눈팔아도
괜찮겠다.

 해그림자

세월

별빛 조용한 카페
찻잔 마주한 노신사.
중절모 챙 끝에
슬픔이 서려 있네
파고드는 고독 속
잊힌 수채화 심중에 펼쳐 놓고
떨리는 손 끝에 세월을 잡은 듯
눈시울이 반짝입니다.

아름다운 후유증

해그림자

가을이 햇살마저
아름다운 것은
단풍잎을 흔드는
아이들 맑은 웃음소리
때문일지도 모릅니다
그 아이 지금도
해맑은 모습으로
밝게 웃고 있네요.

가을이 가슴 시리도록
그리워지는 건
들판에 흔들리는 억새꽃
친구에게 선물이 될 수 있었기
때문일지도 모릅니다
그 꽃이 아직도
가슴을 설레게 하네요

가을이 슬프도록 고독한 건
지나온 세월 추억으로 남겨 두고

해그림자

예쁜 단풍 되어,
하나 둘 떠나기 때문일지도 모릅니다
보내기 싫은 마음
슬픔으로 채워지네요

가을이 사무치게 그리워지는 건
흘러간 세월 속
아쉬움이 가득하고
노년에 찾아온 단풍
젊은 날의 기억을 깨우니
못 잊을 그리움에
눈시울이 뜨겁네요.

만추

해그림자

사르륵 사르륵
뉘시요!
창문 밖에 빨간 단풍
밤을 새워 찾아왔네.

부스럭 부스럭
누가 왔소!
현관 앞에 은행잎
가을이 깊어 간다
하는구나.

가을밤의 정취

휘영청 밝은 달은
용마루에 걸터앉아
낙엽 속에 다람쥐
알밤 서리 들킬라
영감님 주무시는지
봉창을 들여다보네
혹여 깨실라 그림자도 드리우고
토방 위에 들어서서
요란한 귀뚜라미도 단속합니다.
톡, 톡, 떼구르
밤톨 떨어지고
화들짝 놀란 서생원
장독대 뒤 그늘로
물 수제비처럼 사라지네
가을은 여물어서 저리 모두 바쁜데
이 몸은 사색에 빠져
할 일마저 잊었는지
달 가는 그림자만
꿈꾸듯 쫓는구나.

노을이 출렁이네

해그림자

시월엔 단풍이라 했던가
곱디고운 모습으로
청명한 화폭 위에
신의 손길 수놓으니
먼 길 달려온
사랑스러운 기러기
내 집인 양 찾아들어
천상의 아름다움
천지간에 펼치었네
가던 길 멈춘 저 나그네
영혼마저 내어 준 듯
길을 잃고 장승 되어 서 있구나

해 지는 산비탈에
신비로운 붉은 꽃들
치맛자락 살랑이듯
화려한 춤사위
햇살 위에 살풀이가
온갖 시름 불사르네

해그림자

고단한 삶에 지친
주름 가득한 길손아
잠시 쉬어 가라
품을 내어 유혹하니
그 아름다움이
천상의 것이로다.

쓸쓸한 춤사위

길 위에 스산함이
낙엽 속을 파고든다.
지난날의 그리움을 깨우는 걸까
빗속에 쓸쓸함이
환영처럼 떠돕니다.

성급하게 찾아온 낙엽 몇 잎이
사그락, 사그락,
깊어 가는 가을 소리
담 모퉁이 돌아앉아
나풀나풀 춤을 춥니다.

오늘은 낙엽과 함께
빗방울 튀는 벤치에 올라
가을 정취 흠뻑 젖은
심연을 두드리며
얼쑤 얼쑤 춤추고 싶어라

노인의 시계

섣달그믐

해그림자

섣달그믐엔 청솔밭에
바람 쩌렁쩌렁하고
들녘에 칼바람 쌩쌩하여
둑방길 미루나무
하얗게 질려서 울어댔네
초가삼간의 호롱불도
찬 바람에 비틀거리니
어버이가 안간힘을 쏟고
혹여 방 구들이 식을까
아궁이에 양재기 고여
막아 놓으시는구나,
소복이 썰어놓은 가래떡
부뚜막에 올려놓고
설을 기다리시니,
우리 사랑하는 아이
무럭무럭 자라나
세상에서 제일
행복하게 해달라고
앉아서 기도인 듯

꾸벅꾸벅 졸고 계시네
오늘도 많이 힘드셨구나

파장에 미련을 줍다

해그림자

저잣거리에 찬 바람이 분다
눈보라도 날려서 춥고
낙엽이 긴 잠을 청하니
시린 날들은 옆구리를 찌른다
질퍽거리는 거리는
술 취한 듯 허적이고
고개 떨군 군상들이
화낼 곳을 찾지 못해
구시렁, 구시렁,
반푼이처럼 떠도니
낡아 빠진 12월이
도시의 어스름을 뒤적인다.
흘러간 시간은 여전히
둔탁한 머릿속을 깨우지 못하고
하루해가 또 저문다.
스러지는 빛을 밟아
내일 일을 물으려니
젊은 날의 소년이 미소를 띤다
무엇을 찾으시나

해그림자

내일은 형상이 없고
오늘을 많이 닮을 거란다.

노인의 시계

해그림자

소화도 못 하는 연륜은
꾸역꾸역 관록만 채워 넣고
혼돈 속의 뇌는
꽃피는 날도 없이
오물만 만들어 대니
심상은 어지러워
이별할 날에 남겨질
배설물을 걱정하누나

기름진 토양을 남기고자
부정한 뇌 속을 닦아
꼬이는 심사를
삼가려 하건만
관록도 환경의 지배를
거스를 수는 없는지
해거름에 회한만 안고
또 한 살을 처먹는구나

해그림자

지기의 기다림

들창 아래 모인
따스한 양지
석별의 정이라도
나누는지,
오순도순 정겨워라.
해 저물어
동면에 들더라도
해우소 찾듯 가끔
그대 소식 전해 주오
이제 들창 닫고
심신을 편히 하려니
눈이 오거든
들창 아래 발자욱 놓고
기침하시게
따듯한 청주 한 잔
준비하겠네

크리스마스

해그림자

오손도손 마을 길 따라
마음을 울리는 소리,
땡그랑 땡그랑
마른 못에도 여울이 진다
찬바람은 옷깃을 들추고
손발은 주머니를 찾는데
설렌 맘이 길 위에 서 있구나

언덕 위에 하얀 집
밤하늘에 초롱을 달아
따스한 빛을 엮어
길을 밝히니
종탑 위에 반짝이는 별
아기예수 축복하려
온 세상에 빛을 뿌리네

즐겁고 기쁜 맘에
발걸음은 동동을 치고
두 손이 함께 기도를 하네

해그림자

이 땅에 놀라운 축복
넘쳐 나기를 소망한다고
주님 가르친 언어로
기도를 하네

하늘에 반짝이는 별
함께 모여 예를 다하고
거룩한 빛을 내어
어둠을 밝히시려
이 땅에 구주 오시니
기쁨의 종소리 울려
온 세상이 은혜로워라.

크리스마스 트리

해그림자

삼나무 끝에 별을 달아
하늘은 높고
가지 위에 흰 구름 띄워
하얀 빛을 뿌리네.
가지마다 방울 소리
사랑 찾는 멜로디
꿈속을 유영하듯
밤을 타고 흥겨워라.
회색빛으로 가득한 거리
초록 트리, 희망 놓고
소망 가득한 별빛으로
구주예수 길 밝히네.
하늘빛으로 오는 주님
상록수 희망 되어
혼신영접 하옵니다.
메마른 이 땅 위에
뿌리 깊은 초록으로
영원히 빛나소서.
기다림에 깜빡이는 트리

밤새도록 졸지 마라
별이 떨어져
동방박사 길을 잃고
선물 없을까 걱정이다.

그리운 성탄절

해그림자

까만 하늘에 별들
눈꽃처럼 쏟아지고
종소리는 멀리서 울려오니
유리창에 피는 꽃
은빛 그리움이 서린다.
마음속 깊이 잠자던
성탄 예배 소리
하늘에 별이 되어 떠돌다
소록소록 눈꽃으로
시린 듯 반짝이며
예쁘게도 피는구나
이별한 것도 아닐진대
그리움 안고 찾아왔나
꽃이 된 친구 얼굴
가지 위에 미소 짓고
다가서면 또 저만치
돌아서면 눈앞에 아른거려
그리운 맘만 서러워라,
언덕 위에 불 켜진 예배당

해그림자

찬송 소리 아름다워
방방곡곡 고운 선율로
축복을 염원하는데
내 어릴 적 친구는
어느 곳에 무엇을 기도할까
간절함은 밤하늘을 향하고
소리 없는 고요함만
눈꽃으로 찾아오네.

동창회

테이블의 공간으로
오래된 감정들이 오고 간다.
연륜은 어색함을 뿌리치고
정겨운 모습의 미소 은은하게 전해진다.

앞에 앉아 마주하여 반가움이 만개하고
옆에 있어 친근하니
손을 잡아 내 친구였노라
말하고 싶어 하네.

여기저기 도란, 도란,
다정한 맘이 오고 가니
친구들의 미소가
지난날을 이야기하는 듯

세월은 가슴속에 내려앉고
얼굴엔 만감이 교차하니
그리움으로 가득한 저들이
내, 동창이다.

발자국

설 지난 설원에
사랑 가득한 발자국
말없이 고요한데
빛을 잃은 진눈깨비
무슨 사연 서러워서
저리도 처연한가
흔적 찾는 바람도
빈자리에 맴돌고
앞서간 님, 발자국
고요 속에 함께 있겠거늘
저들의 애처로움
하늘의 울림일까.
사라진 님 발자국에
가슴만, 멍울지네

설

창밖에 하얀 눈
초가지붕에 내리던 때 있었네,
장독대엔 대가족이
머리 맞대어 다정하고
청솔은 흰옷 입었다 팔 벌려 자랑을 했네

마당가에 감, 대추나무
백설을 덮어쓰니
반짝임이 눈부신 해가 솟는다.
손님 맞는 까치는 하늘 향해 소리 소리
오호라! 내일이 설이란다.

병오년 새해 첫날을 맞아
건강 기원, 사랑 기원, 행복 기원,
어린아이의 예쁜 마음이
두 손 모아 기도를 한다
사랑하는 사람들 올해도 건강하라고

김칫국물

작품 몇 점 골라
일간지에 보내 놓고
찾아온 갈증
동치미 국물 한 보새기
살얼음 톡톡 건드린다
아! 새콤 달콤 꼴깍 꼴깍
들뜬 맛이 이마를 친다.
돌아앉아 입맛 다시다
허전한 마음에 주제넘게도
왜 없는 거지?
누가 가져간 거야
헛물켜는 내 모습
얼굴은 화끈거리는데,
차오르는 김칫국물 맛에
사라진 잔치국수가
못내 아쉽다

님

해그림자

세밑에 바람이 차갑게 분다.
마음속 깊은 곳에
님이 머물고 있음인지
눈시울이 뜨거워진다
님이 주고 간 사랑이
가슴을 치받는 것이리라
님께서 그림자로 형상함은
보고 싶은 갈망이
님께로 향하기 때문이요
세상이 모두 정겨운 것은
님께서 택하신 터전에
새겨 놓은 흔적들을
기억하기 때문일 겁니다
오늘도 말없이 고개 들어
님께, 안부를 물으니
마음속 가여운 떨림
님의 위로를 받습니다.
님이시여! 님이시여!
새해에도 함께하소서

그날의 보름달

차가운 밤하늘
높게 솟은 12월의 보름달
그림자 휘감아 괴이하고
발하던 빛이 둥글게 돌아
달무리 선다.

검은 그림자에 놀란 새벽달
시린 빛을 띄워 차갑구나.
하늘도 아픈지,
은설이 하얗게 서리는데
달래 줄 바람마저
어둠 속에 잠이 들면 어찌하나

슬기로운 바람아!
이 땅의 힘 딛고 솟아
당신의 투명함을 빌려다오
지혜로운 을사년엔
밝은 달빛 비추소서.

변화

해그림자

마당가에 오래된 감나무
한동안 꽃 보인 적 없더니
빨간 왕방울이 탐스럽다.
잎이라도 함께하면
보기가 좋았을걸
덩그러니 하늘 까치만 좋겠구나.
맛 좀 볼까 장대 드니
까치 녀석 친구 불러 시위하네.
그래 한 개만 가져가마
장대 놓고 등걸에 앉아
마을 길 한가로운데
바스락, 바스락, 낯익은 소리
멍멍이 녀석 무슨 일로
검불 속을 파헤치나
나비는 어딜 가고
어찌 네가 나섰느냐.
슬그머니 다가온 야옹이
바짓단을 살갑게 감아 돈다.
하기사 도둑 잡는 역할

해그림자

바뀔 때도 되었지
산 까치도 와서 뭐라
제 것인 양 따지는데
변화하는 시간의 흐름
너무나도 무심했구나.
그래 시류에 발맞춰서 가자
쌀쌀한 바람이 낙엽을 치우니
초겨울이 머리칼을 흔든다.

게으른 뇌 벗을 울린다

해그림자

창문 흔들어 찾는 이
지기 아닌 벗이 있네
다정히 반긴 적도 없는데
의중은 아랑곳없고
집 안을 거칠게 사열한다.
만년설에 또아리 틀어
빙하의 제국 세워 두고
기세 높이 찾아와
추궁하듯이 휘몰아친다.

둥지의 소용 다르지 않은데
어찌 모르나 호통이 거세고
눈에 거슬리는 배설물
구석 구석 굴려 대니
계절 속에 잠든 상수리나무
난데없는 잠꼬대 소리
비닐 한 조각 가지 끝에 걸려
잠 못 이루고 있구나

해그림자

벗의 뜻이 그곳에 닿으니
무심한 뇌, 부끄러워라
너의 형세가 하도 거칠어
오해를 낳았구나
배신의 슬픈 유전자
뉘우침에 가슴 두드리니
서러운 눈물일랑 거두시게

억울함에 흘리는 눈물
온 세상이 신음하니
벗이 할 일은 무엇인가.
이기적인 뇌의 게으름
자연의 배려 깨우침 있겠거늘
노쇠한 몸은 오늘도,
불편함을 감내해 본다.

설원 속 가장

해그림자

창문에 그림자 드리우고
스륵, 스륵, 기척을 한다.
무슨 할 말 있어 기웃거리나
시선은 무심결에 창에 닿고
커튼 사이로 얼핏
순백의 빛이 스친다.
베일 듯한 창백함
날 서는 두려움
스스로 만든 굴레에
순수가 흐트러진다.

언제나 그랬듯
오늘도 현관문을 나선다.
놀이터에 신이 난 아이들
깔깔대며 소리치고
넘어짐에 함박웃음
백설 위에 꽃이 핀다.

순수가 깨진 도로 위

해그림자

낯선 검은 그림자
책임 추궁이 매섭다.
온몸의 긴장은 길 위에 서고
뛰는 심장 뜨거운 기운
힘찬 가장의 발걸음이
사랑으로 넘쳐 나니
세상을 밝히는 햇살이
백설 위에 따듯하다
설중매가 오늘도 꽃망울 틔운다.

비, 바람이 서글프다

해그림자

거친 숨소리 안쓰러워
계곡은 밤새 흐느끼고
애달픈 마음 촉촉이
산중에 찾아드니
생긋한 초록 눈이 빼꼼하네.

바람 기운 초목이 몰라
하늘 향해 환호하니
통곡하는 먹구름 산허리 휘감고
헝클어지는 순리에
마음 아파 애달프구나.

거친 통곡 소리
기여한 바 허탈하고
자성의 묵언수행 홀로 외로워
세월 안고 돌아서서
처량하다 흐느끼네.

억울함에 토한 통곡

해그림자

단죄라도 하려는 듯
곡하는 이 하나 없이
추상 같은 서릿발만
온 세상을 덮는구나.

홀로 걷는 넋

해그림자

넋이 홀로 길을 걷네
길은 멀고도 험해 고단하고
걷는 의미 가뭇한데
누구라도 겪게 될
운명으로 마주한 길
보이는 것 하나 없이
관습의 굴레에 부초인 양 떠돌고
흔들리는 슬픈 넋은
번뇌에 휘둘려
형상을 넘나드는 바람처럼
투명함만 쌓는구나

앞서간 흙먼지 내 눈 가리고
폭풍우 거세어 길 위에 헤매다
육신의 희생 너무나 가혹한데
이상의 상실 속에 흐느끼는 가슴 안고
살아서 끝없는 이길
소리 삼켜 걷고 있네
온몸이 쇠하고 힘겨워 비척여도

쉬어 갈 곳 알지 못해
하염없이 걸어가네

이 몸은 무슨 업보로
고뇌 속에 허덕일까
알 수 없는 허기는 메울 길 없고.
끝내는 넘어져 편히 쉬어 가려나
이기적인 용망속에
홀로됨을 어찌 알까
고뇌가 길이라면
길 위에 넋은 번뇌인 것을
해탈 없는 넋이
길 위에 홀로 외롭구나!

회상

해그림자

친구 집은 산모퉁이 돌아

남쪽 하늘 바라보았네

친구 집 가는 즐거움

계절 따라 색다르고

이맘때 되면 산밭에 꿩 한 쌍

겨우내 힘들었는지

꺼칠한 몸 이끌며

산밭을 회짚는데

찬설 위 먹이도 없이

발자욱만 남기고

긴긴 겨울 참, 잘도 견뎠었지.

봄이 되면 길가엔

길꽃들이 어여쁘고

마당엔 감꽃보다 앙증맞은

고욤꽃도 피었었지

화려한 복사꽃 시선을 붙잡고

예쁜 봉선화의 빨간 유혹

손길 끌어 기쁨이었네.

비 오는 날은 운치 있어

해그림자

문지방 걸터앉은 채

앞산의 운무 속에

혼을 실어 꿈을 꾸고

뒤란에 담쟁이

넝쿨 덮인 비 가림 속에

개구리 폴짝 폴짝

물방울 잡는 모습에

마냥 즐거워도 했었네.

친구가 기억할까

우리 집 가자 손잡을 때

기쁨이 넘쳐 행복했고.

늦은 저녁 돌아오는 길엔

언제나 아쉬움 남아

마주 보며 잘 가 했지

그럴 때마다 돌아선 모습

안쓰러웠는지

산모퉁이 같이하며

내일 보자 했었는데

그 시간 길고 길어

그리움만 가득하네.

바람의 여정 1

해그림자

그곳엔,
수줍은 바람 소리 있네
무엇이 그리 부끄러운지
어설픈 몸짓
심술 맞은 아지랑이
슬쩍 밀쳐 내고
살며시 다가가
사랑 이야기 속삭이네

그곳엔,
거친 바람 소리 있네
강줄기 따라
울어 대는 포효
뜨거운 가슴속
신비한 울림
선 고운 여인이
속적삼에 떨림을 가두네

그곳엔,

해그림자

낭랑한 바람 소리 있네
고즈넉한 산사에
맑은 소리 여울지고
처마 끝 풍경 찾아
꼬리잡기 흥겹게
행복을 속삭이네.

그곳엔,
청아한 바람 소리 있네
계곡을 흐르는 시린 바람
낙엽 속에 잠든 꿈
쓸쓸함 달래 주려
사그락, 사그락,
지난날을 속삭이네.

친구

환경이 길을 막고 사나운데
보고 싶은 마음은
밤하늘에 떠 도는
별을 향하는구나.
날은 이제 저물어
땅거미는 내려앉고
조급한 맘이 달빛에 기대어
길을 찾아 나서건만
세월이 길을 막고 서니
노구가 힘에 겹구나
얼굴 보며 마주 앉아
조용히 말 없이도
애틋한 감정은 공간을 오고 가고
그윽한 미소로 화답할진대
때론 쓸데없는 노욕으로
흐름을 깨트리지만
어리석음과 창피함 나누어
함께 삭일 줄 아니
뒤로 깐 엉덩이가

똑, 닮았지 않은가
함께 지내 온 추억 공유해
밤새워 말벗을 할 수 있으니
살가운 연인과 어이 다를까
희로애락을 나누어
함께할 수 있으니
세상살이에 취해도 좋지 아니한가
우리가 함께,
한 시대를 세월로 엮어
같이 보냈는데,
낳아 준 어미가 다르다 누가 말할까
함께 있어 귀천의 벽이 사라지고
어깨동무로 흥겨워도 좋지 아니한가
나누는 한 잔 술이 있어
행복을 가져다주니
호연지기가 따로 없구나
고뇌에 찬 벗에게
어깨를 내줄 수 있으니
가볍지 않은 무게가 뿌듯하여라.
무엇을 해줄 수 있을까
늘, 마음이 쓰이니
이 또한 얼마나 아름다운가

많은 것들을 공감하고
또한 반응을 해 주니
기쁜 맘이 천공을 치는구나
그가 내 벗이라 이야기할 수 있으니
이 말보다 좋은 언어, 또 있을까!

꿈꾸는 상념

쌀쌀한 바람에
낙엽은 구석으로 웅크리고
가지 위에 된바람
소리, 소리, 춥다 한다.
원치 않는 시린 가슴
팔짱을 굳게 닫고
길 쫓는 종종걸음
떠나온 곳 찾아가네.
길 잃어 새로운 곳에
들어서도 좋겠는데
대자연의 운행이
한결같아 아쉬워라
다시 찾을 윤회라면
꿈꾸다 가도 좋겠다.

한 해를 보내며

많이 늙었을 소년이 생각이 나
자연을 빗대어 마음을 전해 봅니다.
어느새 집 앞 은행잎은
화려함을 뒤로한 채 고요함을 맞이합니다.
자연의 이치가 그렇듯
사계에서의 깨달음은
모든 것을 내려놓을때 비로소
어느 것에도 흔들리지 않는 나를
만날 수 있음을 말해 줍니다.
들풀처럼 어울렸던 날들
비바람처럼 질주하던 시기를 지나
화려하고 찬란함을 쫓던 욕망은
깊숙한 내면에 가두고
철학자인 양 대자연의
아름다움과 변화무쌍함을
취한 듯이 바라봅니다.
저것이 곳 인생일진대
어리석은 이는 고요함이
찾아든 자연을 읽어 내지 못하고

 해그림자

세찬 바람만 울어 댄다 한다네
이제, 자리 털고 일어나
준비해야 될 시간인 것 같네
풍족함을 충분히 갖춘 이는
내려놓는 데 많은 시간을 필요로 하겠고
그렇지 못한 이는 못다 한 일에
미련이 남아 어려움을 겪게 되겠지
서두르지 않아도 괜찮으이 영겁의 시간은
모든 것을 한 치의 오차도 없이
때를 기다리고 있다 합니다.
다만, 회귀의 시간이 존재할 뿐이지!
친구는 조금 늦어도
기다림 하나는 잘한다네
한 가지 바람이 있다면
소년 시절 해맑은 미소
하나쯤은 남겨 두시게
그것으로 족하다네.
그렇게 노년 벗으로 추억을 안주 삼아
언제 탁주 한 잔 기울여도 좋을 거 같네
올 한해도 뉘엿뉘엿 서산에 걸리었네
그간 무엇을 준비했고
무엇을 놓쳤는지 살펴

노인의 시계

후회 없는 한 해 잘 마무리하시고
언제 기회가 다면 얼굴 한번 보세
항상 건강하고 행복하시게 친구여!

                                                    해그림자

바람의 여정 2

오랜 시간을 거쳐
울려온 퉁소 소리
울창한 숲을 헤쳐
길고 긴 산길 걸었네.
지난날 기상 높은 피리 소리
들녘을 치고 솟아
하늘 높이 날았지
때론 기세 좋은 소나기로
북 치고 장구 치며
호기롭게 달려왔건만
기나긴 세월 속에
볼품 없는 흔적만 남았구나.
바람아 낙엽 속 엿보지 마라
이제 그만 하늘 아래 저만치
양지에 쉬어 가자.

사무치는 그리움 동창을 깨운다

해그림자

어둠을 썰어 대는
시린 바람에
마른 가지는 호흡이 거칠고
고목이 된 나목은
스치는 바람에
잠 못 들고 뒤척입니다.

젊은 날이 숨 쉬는 고향 산천
옛 그림자 환영 찾아
오늘 밤도 이곳 저곳
기웃거리는데
산 너머의 소년은 신기루같이
어둠 속에 묻힌 듯 희미합니다.

그리움에 초점 잃은 동공은
하늘에 떠 있는 별을 향하고
흩어지는 그림자 움켜쥐려
허공만 또 휘적입니다.
몽중에라도 볼까 오매불망 그리다.

 해그림자

사무치는 옛 생각에 눈앞이 흐려 옵니다.

밤새 울다 지친 바람은
덤불 속에 숨어들고
홀로 소곤대던 문풍지도
흥미 잃고 잠드는데
어둠 속에 허적이던 영혼은
동창을 깨웁니다.

평화 기원, 제사

사계의 혼령들

해그림자

양지에 볕이 머무르니
긴긴 잠에 뒤척이던
응달이 깨어나고,
화동을 앞세운 새 생명의 여신
사뿐사뿐 어여뻐라

바람이 우듬지에 올라
거들먹거리며 팔굽혀펴기를 하니
하늘 향한 줄기마다
만장이 흩날리고
흥겨운 너울이 파도를 타네

산천에 오색 단풍 어미의 품에 안겨
대지 위로 재롱을 떠니
흔들리는 낙엽 속에
결실이 고개를 묻고
어미가 품을 여는구나

온 누리 너른 곳에 은빛을 뿌려 놓고

밤을 덮어 기도하니
펼쳐지는 은빛 주단에
잠 청하는 생명들
무슨 꿈을 꾸게 될까

연리지

해그림자

어둠 속에 머물던 귀신들
골방으로 몸을 사리고
마루 끝에 천사의 옷깃
뜰 안에 햇살이 가득하다

질펀한 어둠의 핏자국
무덤을 찾아 스며들고
밝은 빛의 자애로운 손
신비한 공간을 깨운다

생명이 윤회의 시간을 태워
자연의 질서를 찾아가고
회귀한 넋은 고개 들어
새 생명으로 형상한다

세기를 넘나드는 혼령
요람에서 어미를 찾으니
삶과 죽음이 어찌 다르다 하랴
그 뿌리가 하나인 것을

 해그림자

이데아를 꿈꾸며

인간 세상을 스케치하여
관념 속 문장으로
여백을 채워 간다

형상한 세계는 오묘하여
섬세한 감각을 요구하나
이성은 경험을 원치 않는다

환상으로 본연의 모습
흐려질까 염려치 마라
이데아의 울림은 정직하다

오래도록 바라보고
이성으로 음률을 뜨니
신의 능력을 훔치는구나

평화 기원, 제사

잘 가거라 갑진년아
품속의 화 모두 토악질해
흉하게도 불태웠구나
굽이, 굽이, 잿빛 산하
숯이 된 이 강산에
하늘 구름 드리우고
슬피 우는 골바람아
산마루에 참이슬 털어
님을 위해 곡하거라

아리랑아! 아리랑아!

어찌 그리도 구슬프냐,
정 떼어 떠날 양이면
너의 음률로 배웅해도 좋겠다
가시는 님 아쉬워도
다시 볼 일 없으리니
동해의 영롱한 혼불
지혜로운 여신이여,

해그림자

팔도강산 파랑새 불러
님의 청산 깨우거라.

촛불

해그림자

손끝에 순결함 참으로 불안하다.
섬세한 신의 손놀림에
순백으로 흔들리는 꽃잎
찾아온 어둠은 숨을 죽이고
하늘 아래 밝은 빛
검은 혼령의 죽음이 시샘할까 두렵다.
선 고운 우아한 자태
꽃샘바람 시기하여
목, 비틀까 노심초사구나.
붉은 태양아!
어찌하여 웃고만 있느냐.
그래 그렇게 어리석어 보이느냐
감정이 살아 숨을 쉬니
어둠에 촛불 밝혀
희망을 소원한다.

작두 탄 헌법

예를 갖춘 학의 발걸음
뱀 꼬리 밟을까 근심이요.
외발로 서면 어찌하나
걱정 또한 태산인데
태산준령 요지부동
못 본 체 잠 청하는구나.

어둠에 지친 동지가 하지를 찾아가듯
불변의 법칙 순항인데
작은 먼지 하나가
해를 가릴 수야 있겠냐만
불편한 수고가 마음 아파
서글픈 등지기는 슬피 운다

예를 갖춘 선열의 망치여
굿판 위에 날 선 검무 잠재우고
흔들리는 천칭 바로잡아
정의로운 학의 깃털로
지혜롭게 답하소서.

나의 분신

해 저물어 허리를 펴니
동행 찾는 노을빛이
어깨 위로 평온하다.
이제 막 하던 일 끝냈는지
삶, 속의 체취 흥건하고
휘청이는 몸 추슬러도
걷는 걸음 허둥대니
얼굴에 정이 한가득해
눈물이 난다.

지나온 날들 온 힘 다했을
고마운 나의 분신
가슴이 뜨거워진다.
지난날 포차에 몸 얹어
술 한잔 나눈 이야기는
뇌리에서 맴돌고
못다 푼 회포 무진장 풀어
작은 공간을 가득 채운다.

해그림자

밤은 깊어 가고
별이 높아 깜박이니
달그림자도 흐릿하구나
손에 든 술잔 위로
지난날들이 채워지고
추억은 어둠 속에서
눈물을 훔친다.

잔 속에 깃든 한세상
혈을 타고 사유하니
삶 속에 허덕이던 나의 분신
구름 베개 찾는구나

단톡방 옛 친구

해그림자

옴마야, 이게 누구여
오매, 오매, 내 친구들
주고받는 언어 속에
보고파 그리우니
정감이 넘치는 사투리에
웃음꽃 피어난다
톡방 너머 있어도
가슴으로 찾아드니
입가에 미소 번져
마음이 예뻐지네
저들이 내, 친구라네
오래도록 사랑해야지
길을 찾아 나서듯
눈만 뜨면 찾아야지
기억이 흐릿해 슬퍼도
가슴속 깊은 인연
고이 품고 가야지
친구야 네가 있어 행복하다
마음 담아 전해야지

 해그림자

노을은 어느 곳에서나
꿈을 꾸듯 아름답다
손끝 정성 다해야지
망각의 강이 찾아와도
슬픔 기쁨 안고 가자
떨리는 손끝 전해야지

꿈의 고향

서산에 걸린 붉은 해
길 떠나자 손짓하고
능선 넘어 초가집에 소년은 가뭇한데
낙조에 물든 마을 길
친구 찾아 길을 묻네
풀꽃이 흔들리는 들길로
송사리 물길 찾는 개여울 속에
별빛 고요한 하늘 담은 곳
깜빡이는 호롱불 들고
설렘 안고 찾아가네
푸른 하늘 뭉게구름 옛 친구와 함께인 듯
둥실, 둥실, 흥겨워라
반갑다 덩실 구름아
고맙구나 내 친구야
해 저물어 벗이 보고파
가물가물 호롱불 들고
별빛 가득한 고향 땅
꿈꾸듯 찾아가네.

그대 그리워

내 상념의 공간에 그대가 있어
기쁨이고 행복입니다.
눈앞에 보이는 것이 현실이라
그대에게 달려가 함께하고 싶지만
마음만 뛰고 그리움으로 봅니다
회상은 환영처럼
감정 담은 마음이요
몸으로 느끼는 것이라
보이는 것 과 보는 것 꿈과 같아
그대를 보는 나의 모습
노년을 걷고 있지만
언제나 사랑하기에
천진하고 아름다운
어릴 적 모습 다를 바 없네.
재치 있고 생기 넘치는 그대 얼굴 볼까
오늘도 마을 길 더듬어
그댈 찾아 나선다네.

서글퍼지는 흔적들

해그림자

흘러간 많은 시간
육신과 심성에 거친 흔적 남겨
보는 이 가슴 아프고
마음으로 전해지는 슬픔
만 가지 위로도 소용이 없구나.
초롱한 눈을 가진 소년은
오간 데 없고
볼품없이 변해 버린
심술이 가득한
백발노인만 눈앞에 있네
여보시게 이 사람을 아는가
친구와의 셈법엔 득실이 없고
오가는 소통은 몸의 언어로
충분했던 벗인데
도통 그 모습 찾을 수가 없네
미소 띤 모습만으로도
친구를 행복게 했는데
느낌조차 찾을 수가 없구나!
아는 것보다 모르는 것 많아

궁금함도 호기심도
많이 닮아 있었지
선함과 악함을 모르지 않는데
그 경중을 가늠하지 못해
실수도 많이 했지
어쩜 그리도 똑같이
반복해서 했을까
아이러니하기도 하고
지혜롭지 못했던 모습들
오히려 본성이지 않았을까
되짚어 생각하게 되네.
순수하고 순박한 모습은 어디 가고
화난 늙은이 내 앞에 있어
서글프기 그지없네,
두어 걸음 뒤로 서서
어색하게 헛웃음 짓고
돌아서 한숨으로 대신하는구나.
이리도 볼품없을 것을
왜 그리 포장에
온 삶을 쏟았을까
눈에 보이는 것은 끝내
배신한다는 것을

늙어지고서야 절실히 깨닫는구나
그나마 마음 깊이
위로가 되어 주는 것이 있으니
어린 시절 같이한 벗들과의
아름다운 추억뿐이구나
친구야 우리 그냥 고향에
마음만이라도 얹어 놓고 살자

해그림자

그립고 그립다

그대를 기억하기에 그립습니다.
손잡아 정이 오고 가니
더욱 그립습니다.
네 모습이 그립고
지나온 날들도 그립습니다
그대가 옆에 있어
그리움은 더욱 마음을 울립니다
같이 앉아 술잔 기울여도 그립고
얼굴 마주 보고
웃고 있어도 그립습니다.
내일이 다시 오지 않을지라도
그리움은 놓지 않겠습니다.
이 몸이 늙어 매력이 없어져도
오래도록 사랑하며
그리워하겠습니다.
기억은 끝내 흐릿할지라도
내 가슴속의 그리움
놓지 않겠습니다.

플라토닉 사랑

해그림자

시간이 사라진 듯
빛바랜 화폭 속에
소녀의 미소가 있네
이 몸은 많은 시간을 두고
먼 길 왔건만,
언제나 화폭 속에 머묾 같아
기쁨이자 행복입니다
그대의 숨결 심경에 서리니
영혼을 미소 짓게 합니다
흔흔한 마음이 함께 있어
사상의 연리지 같아
기쁨이자 영광입니다
허울은 비록 멀리 왔지만
마음이 그곳에 머물고 있으니
심연에 핀 연꽃입니다
언제 어디서든 보고플 때
마음의 창을 통해
그대를 찾을 수 있어
그리움은 수문장이 됩니다.

해그림자

추운 날엔 창가에
서성이는 나뭇가지 보며
외로워 가슴 저미고
화창한 날엔 꽃길 옆에 앉아
향기로운 꽃말로
그대 마음 읽어도 보고
비가 오면 뭘 하고 있는지
빗속을 두드리며
울림을 전해 봅니다.
그래도 눈에 어리면
노을이 흐르는 물결 위에
그리움도 함께 띄워
그대에게 닿게 해야겠지요

어머니의 구두

팔월 한가위 손주들 재롱 예쁘고
자녀들 사회적 포지션 구축해 가는 모습에
흐뭇한 미소로 덕담도 건네고
즐겁고도 흔흔한데
마음 한구석은 왜 이리 허전하단 말인가
아들, 딸 재롱둥이 손주들
일상으로 돌아가고
허전한 마음 달래려
이곳저곳 들춰 보다
신발장 한편에 어머니 외출하실 때
신으시던 구두가 눈에 들어와
꺼내 들고 한참을 만져 본다.
새 구두임을 알고 보니
마음이 아릿하게 저며 옵니다
몇 번이나 신으셨을까
자주 모시고 다니지
못한 것이 못내 서글프다.
아끼고, 아껴서
객지에 자식들 보러 갈 때

해그림자

꺼내 신으시던 구두인데,
아직도 이곳에서 주인 기다리고 있구나
굽을 눌러 보고 딱딱하지 않아
다행이라는 생각은
스스로 자가당착에 빠진 어리석음은 아닌지
한스럽고 가슴이 아프다.
오래전 불편함이 덜하던 시기에
이 구두 신으시고 내 집에 들리셨지
우리 손주 어쩜 이렇게 예쁠까
쓰담, 쓰담, 하시고 저녁나절 돼서
터미널 근처 작은아들 집에서 주무시고
새벽에 가신다 하시기에
모시고 갔던 기억이
왜 이리도 서글프게 떠오를까
어머니 모시고 가던 길
홈플러스 들러 과일 조금 사 들고
에스컬레이터 오르실 때
균형을 잃을까 부축하다
힘없이 잡으시는 손아귀에
쇠하신 어머니 모습
너무도 떨리고 가슴 아파
조금만 기다려 주셔요

심중으로 말해 놓고 몇 해를 허송타가
그만 그 약속 허망하게
어머니! 우리 어머니!
병상을 빌려 계시다
아들아! 괜찮다 걱정하지 마라
슬퍼하지 마라 유언처럼 남기시고
날 두고 떠나셨네
아! 우리 엄마 얼마나 마음이 아프셨을까
그 마음 헤아릴 수조차 없으니
애달프고 한없이 서럽구나
이젠 울고 싶어도 슬픔마저 죄스러워
회한만 가득 찬다.
하늘 가득한 한가위 달빛
온 누리 내려앉아 사랑으로 가득한데
오늘따라 멧비둘기는 왜 저리도 슬피 우나
죄스럽고 가슴 아파 하늘만 쳐다보니
그 모습이 처량한지
구구 구구 서럽게도 우는구나.

울림의 말

이제 말하노니
머릿속에서 태어난 말은
혀끝이 현란하여
향기롭고 화려할지라도
현혹된 시가 되어
그 수명이 짧고
씁쓸함과 허전함만
가득 채우게 된다.

또한 말하노니
마음으로 낳은 말은
혀끝이 꼬이고 나달대며
비틀거려 허공을 쳐도
울림의 시가 되어
심연을 건드리니
삶 속의 희열과 풍요를
오래도록 안겨 주게 된다.

죽마고우

해그림자

내 맘속에 그들은
행복입니다,

어린 시절 그들과
함께한 것은 행운입니다.

부르면 손 닿을 곳에
머물러 주니 위안입니다.

추억은 동화 속에,
소년이 되게 하니 감동입니다

사색하며 즐거움을
느끼게 하니 기쁨입니다.

언제나 안녕을 묻고
위로하니 정겹습니다.

세월의 끝에 홀로 있어도

해그림자

외롭지 않으니 동무입니다.

어느 누구도 제 곁에서
저들을 데려갈 수 없으니
은혜로운 하늘에 감사합니다.

이 몸은 하물며 그들과
같은 공간에 있으니
행운입니다.

허상 같은 삶의 변명

해그림자

세월은 강물처럼 흐르고 흘러
끝내 스스로의 시간마저
삼키고 사라저 간다.
한 세기가 끝나는 것은
신세기가 오고 있음이요.
새로운 잉태를 의미하니
이 또한 쉼 없이 팽창하는 우주의
한 태동을 알리는 것일 것이다.
사람들은 한 세기를 살아가는 동안
많은 추억을 쌓게 되고
그 추억은 가슴속에 여울처럼 맴돌아
이승과의 이별을 힘겹게 합니다.
이별은 만남을 위해 준비된 시간일진대
슬퍼할 이유 없고 설렘으로
맞이함이 옳지 않은가
여보시게들 늙는다고
노여워 말게나 생로병사는
시공을 알리기 위함일 뿐이니
그저 자연에 순응하며 스스로

해그림자

자연과 같이 자연스럽게 자연에

동화됨은 어떠한가?

그 속에서 존재함을 느낄 때

비로소 천로역정 과 같은

희로애락의 긴 대사를

퍼즐의 한 조각처럼

내려놓는 것이리라

그 여정은 잘 준비된

여행 지침서와 같이

요람에서, 무덤까지,

한 삶의 희곡을 펼치는 것이리라

그 길이 순례자에게는

참회의 여정이겠고

싯다르타에게는

열반에 이르는 길일 것이다

이 또한 우주 속 미물의

움직임에 불과하니

부질없고 부질없다 하겠다.

그저 단역으로 존재하면

그것이 이유이고 역할일지니

우위에 서려거나 밝게 존재하려

스스로 유황불로 뛰어드는

일이 없기를 노파심에 염려한다
모든 생명에는 요람과 무덤이
존재하고 그 형상은 한곳으로
귀결됨을 모르지 않는데
물이 하늘로 올라 구름이요
산천에 내려와 생명을 세우고
영혼의 방랑으로 생을 다하여
강물로 회기하듯 그 여정 또한
굴레 속에서 벗어남이 없거늘
이 몸은 무엇이 그리 아쉬워
세월 속 변화에 이리도 슬퍼하나
어리석기가 그지없구나
해가 다르게 늙어 가는 모습에
억울함과 노여움이 한가득해
스스로 위로받고자 궤변을 쏟아 놓지만
그 모습 너무나도 서글퍼
가슴만 쓸어내립니다.
이 또한 모든 중생들의
삶이겠거늘 내게 있어
서러워할 이유 무엇이 있겠나
어울렁 더울렁 자연스럽게
더불어서 살아가야 하지 않겠나

참삶은 일상 속에

젊음아!
달려가지 마라
스쳐 가는 아름다움 놓칠까
뛰는 심장이 안쓰럽다.

청춘아!
서두르지 마라
마음에 담을 행복마저
놓고 갈까 걱정이다.

소년아!
눈 뜨고 졸지 마라
바른길 두고 헤맬까
노심초사 근심이다.

청년아!
하고픈 일 미루지 마라
시간은 머물지 않아
다시 찾을 땐 기운 없다 한다.

믿음이 주는 위안

해그림자

혹자는 우주가 핵융합과
폭발로 계속 팽창한다고
한다. 그로써 빅뱅 이론이
만들어지고 수백억 년 전
우주의 대폭발로 시작되었다 한다.
그것은 제로(무) 이전의
논리를 펴지 못함에
시공이 존재하지 않는
상태라는 가설하에서
빅뱅이 일어났다 한다
그것은 미완의 이론으로
존재하고 있으니
우주의 새로운 공간을
발견한 것에 불과한 것이지
팽창하고 있다고는 볼 수 없지 안을까
아직도 논리가 완성되지
않은 까닭에 신의 영역으로
남겨 두는 것은 아닌지
그래서인지 알 수는 없으나

해그림자

신학자들은 신의 영역으로
남겨 두려 하는 경향이 짙다.
그래야만 우주를 설명할 수
있기에 창조론을 곁들이는지도 모르겠다.
신의 존재함을 내세워 모든 것이 해결되니
더할 나위가 없겠지만
그 논리 또한 지나친 확대는
유치함을 만들어 낼 수 있으니
황당하고 억지스러운 논리는
지양함이 옳지 않을까
그저 자기 안에서의 믿음으로 위안이 된다면
충분하다 할 수 있을 것이다.
이 사람은 모든 종교가
가지고 있는 진리와 깨우침을
존중하고 흠모하며 사랑한다.
그중에 기독교의 교리가
삶의 지표요 섬김의 토대가
된 것은 사실적이고 실천적인
의의를 가지고 있기에 더욱 그러하다.
그리스도인들이 항상 최우선시하는 사랑은
온 인류가 평등하고 평화로워야 하며
함께 행복해야 한다는 진리를 가지고 있다.

그러한 세상을 만들기 위해
엄청난 박해를 무릅쓰고
희생하며 행동하는 종교로
거듭나지 않았나 생각이 든다.
오늘날 개인의 자유로움과
대다수의 사람이 평등함을
누리는 것은 기독교인들의
헌신이 크게 기여했다고 봐야 할 것이다.
물론 완벽하다 할 수는 없지만
계속 진행 중이고 끊임없이
정의롭고 참됨을 추구하는
그리스도인들이 존재한다면
많은 것을 이룰 수 있으리라
희망을 가져 본다.
어려서부터 그리스도인으로
살아왔다면 이 또한 기쁨이요
축복일 것입니다.
어느 위치에서 무엇을 추구하든
기쁨과 행복이 모든 이에게
충만하길 기원하며,
항상 믿음이 위안으로
다가오길 기원해 봅니다.

해그림자

소통의 기쁨

소중한 메시지와
시시껄렁한 이야기에
마음을 건네고 화답하니
삶의 냄새가 향기롭다.

오고 가는 소식에
가슴 따듯한
사랑이 담기고
그대들의 삶이
내 몸속에 함께 흐르니
하늘이 주신 인연이리라

아름다운 이 감정!
속 깊이 담아 두고
오래, 오래, 기쁜 마음
안고 가야지.

한세상

해그림자

이승을 찾은 신들
신비로움 간직한 채
눈망울을 반짝이며
호기심 가득히 걸어온다
바람이 길을 트는
꽃피는 들판을 지나
내일은 산 넘어
바다를 가 보겠단다
산허리 잡고 끙끙대며
재빼기 넘으려다
산 엉덩이에 앉아
우듬지를 바라본다
아! 저 기러기,
하늘 높이 너울 타고
산 넘어 가네
짬이 없다 엉덩아
산자락을 뭉개며 가자
머릿속은 들끓어
시야가 흔들린다

해그림자

어찌어찌 등에 얹혀
서산을 넘었건만
재 볼 길 없는 바다는
홍등 켜 둔 채
잠자리에 드는구나

불멸의 밤

해그림자

태양이 동쪽 하늘로
밝게 솟아오를 때
까만 밤 총총히 빛나던
많은 별들이
어둠을 태워 산화한다.
찬란하게 빛나던 별과
홀로 반짝이던 별
태양의 눈부심에
하늘 뒤편으로 꿈을 감추고
홀로 나서는 태양
자신의 열정에 휩싸여
서쪽 하늘 붉게 물들이며
영광을 다해 간다.

우주의 하루살이가
공허하고 덧없다 하나
불멸의 공간으로 존재하니
공상은 현실로 다가와
그와 더불어 시공 속에

해그림자

스스로 존재함이요
세상은 윤회 속에 또다시
별은 지고, 뜰 것이니
붉게 물든 서쪽 하늘에
노을의 아름다움
즐기다 가도 좋겠다.
불멸의 밤은 또 꿈을 꾼다.

권력의 속성

비바람이 온몸을 살라
정성으로 어르고 보살핀
대지 위에 초목들,
태양을 향해 두 팔 벌려 환호한다.
낳아 키우고 떠받든
모정의 무한한 헌신 앞에
존재가치 부정하듯
오물만 배설하고
생사 여탈권을 가진
태양을 향해 아첨을 하니
참, 비굴하기 그지없다.
인간이 이를 탓해 한탄하고 있구나
이 또한 변견이 아닐는지
어찌하면 이 굴레를 벗어
정의를 세울 수 있으려나
어리석음을 벌할 수도
오만을 탓할 수만도 없어라
오늘도 태양은
하루를 거두어 간다.

작은 신들

대지의 품을 떠난
작은 신들
보이지 않는 손의 보살핌
공간을 오고 가며
연신 호흡이 거칠어지고
빛은 공간을 뚫고 나와
시공을 태워 삶을 재촉한다.
타들어 가는 목마름
온몸이 힘겨워 헐떡일 때
어미의 슬픔이 하늘에 닿아
하염없는 눈물로 토닥여
새로이 기운을 더한다.
너희가 길을 떠나
거대한 신들과 교화를 갖고
스스로 없음을 깨우치는 날
다시 품으로 돌아와
대지에서 쉬게 되리라.

평화 기원, 제사

두고 온 계절

해그림자

흰 구름 걸려 있는 산 너머
꽃피는 사월 있었네
온 누리에 싱그러움 가득히
맑고 선한 영혼들
산천에 빛을 받아
생기로 가득하였지

초원 위에 반짝이는 은결은
오월 장미 기다리니
작은 신들은 수다스럽고
지축을 흔들어 깨우는
천둥 번개의 용트림
줄기는 용맹스럽게 트지

우듬지는 한 뼘씩 자라
미지의 동경을 찾아
많은 시간 허공을 헤매지만
핏빛으로 현란한 세상
이상은 꿈속을 헤매고

시월의 쌀쌀한 바람에
동경은 가슴속에 나달대며
만상이 티끌 되어 흩어지네

아! 원치 않는 이별은
계절 따라 찾아오고
홀로된 단풍잎 하나
바람결에 흔들리며
오월 장미 그리워하네

해그림자

ⓒ 손인계, 2026

초판 1쇄 발행 2026년 4월 7일

지은이   손인계
펴낸이   이기봉
편집   좋은땅 편집팀
펴낸곳   도서출판 좋은땅
주소   서울특별시 마포구 양화로12길 26 지월드빌딩 (서교동 395-7)
전화   02)374-8616~7
팩스   02)374-8614
이메일   gworldbook@naver.com
홈페이지 www.g-world.co.kr

ISBN   979-11-388-5838-0 (03810)